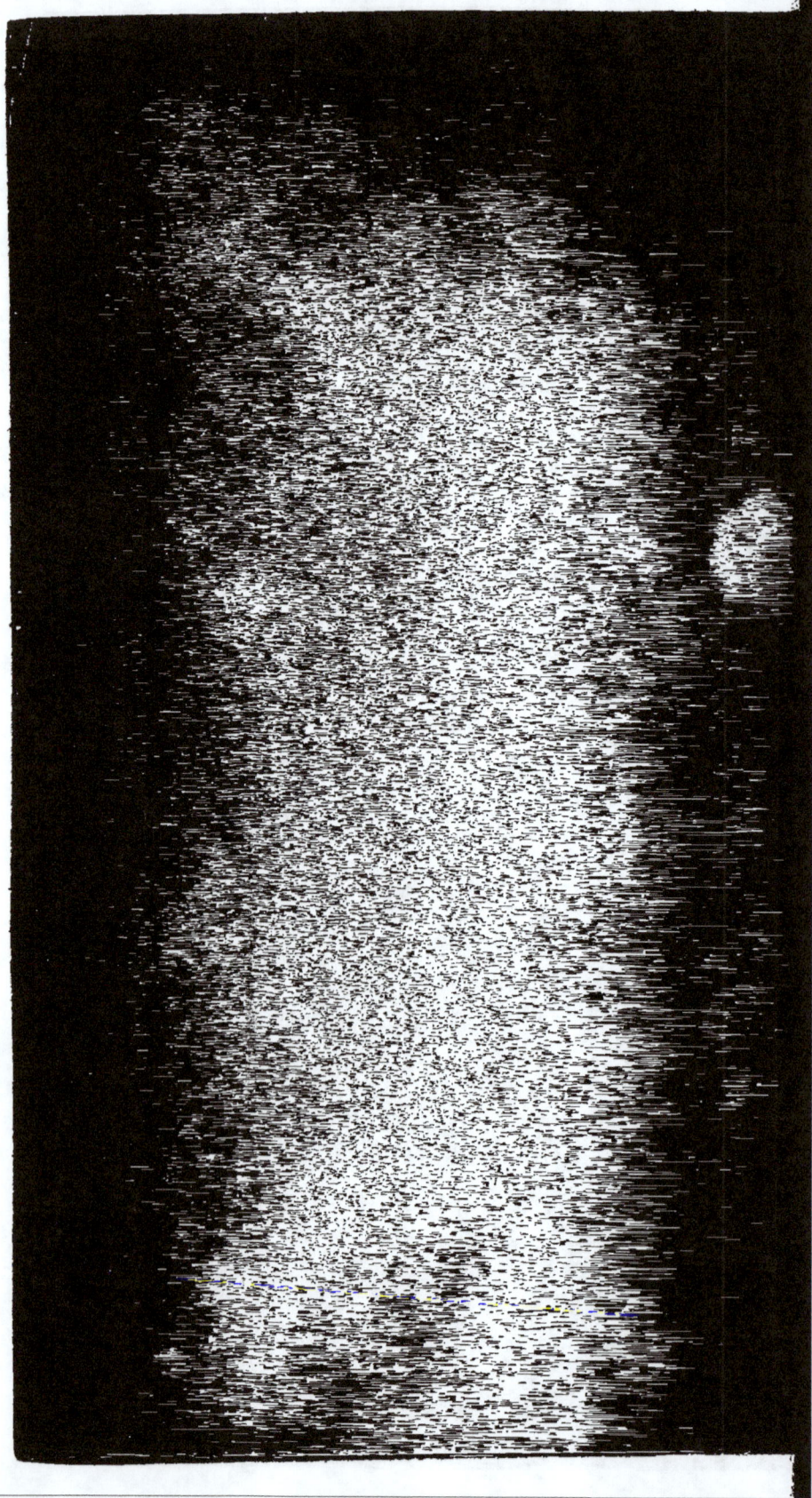

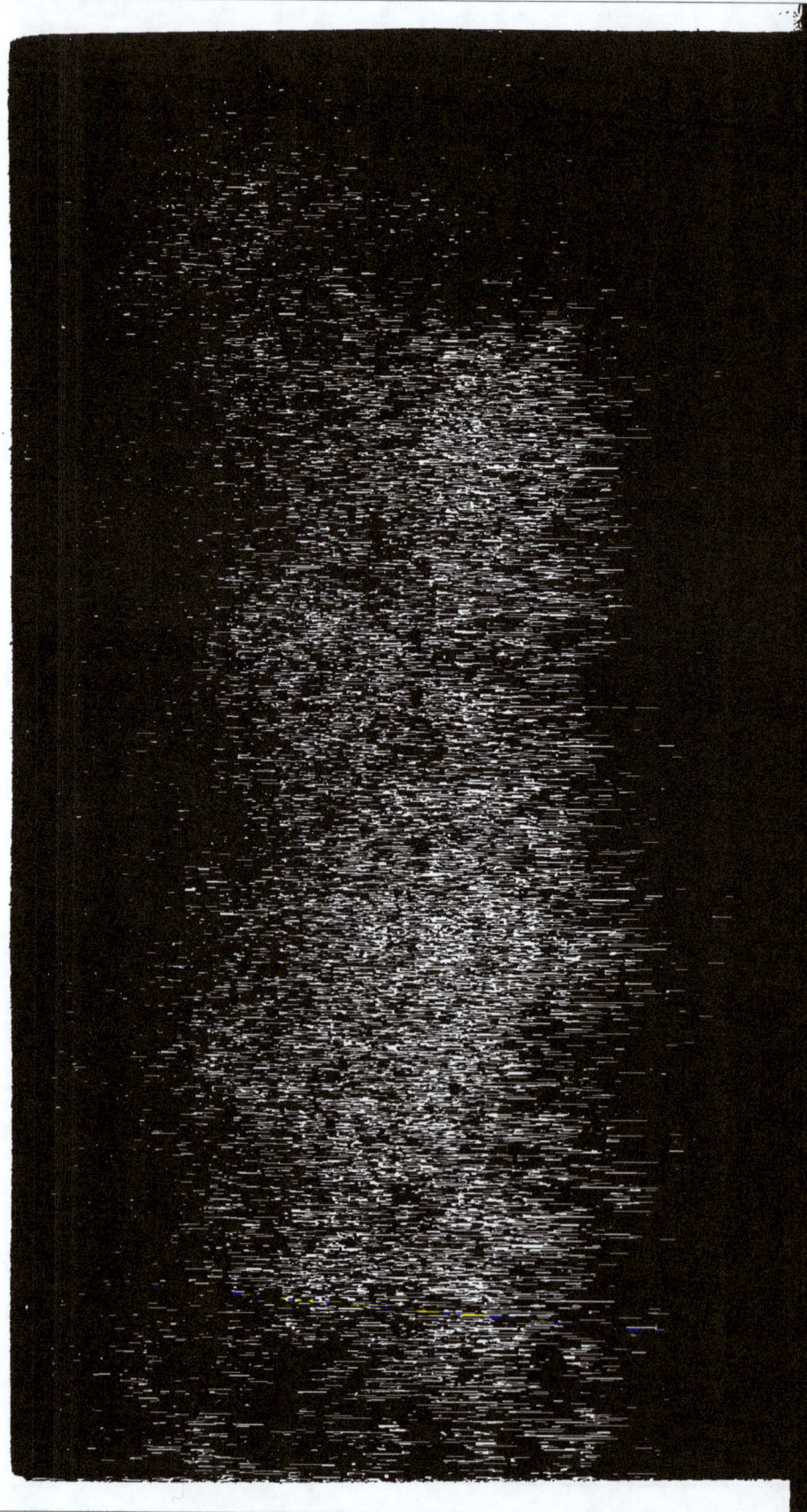

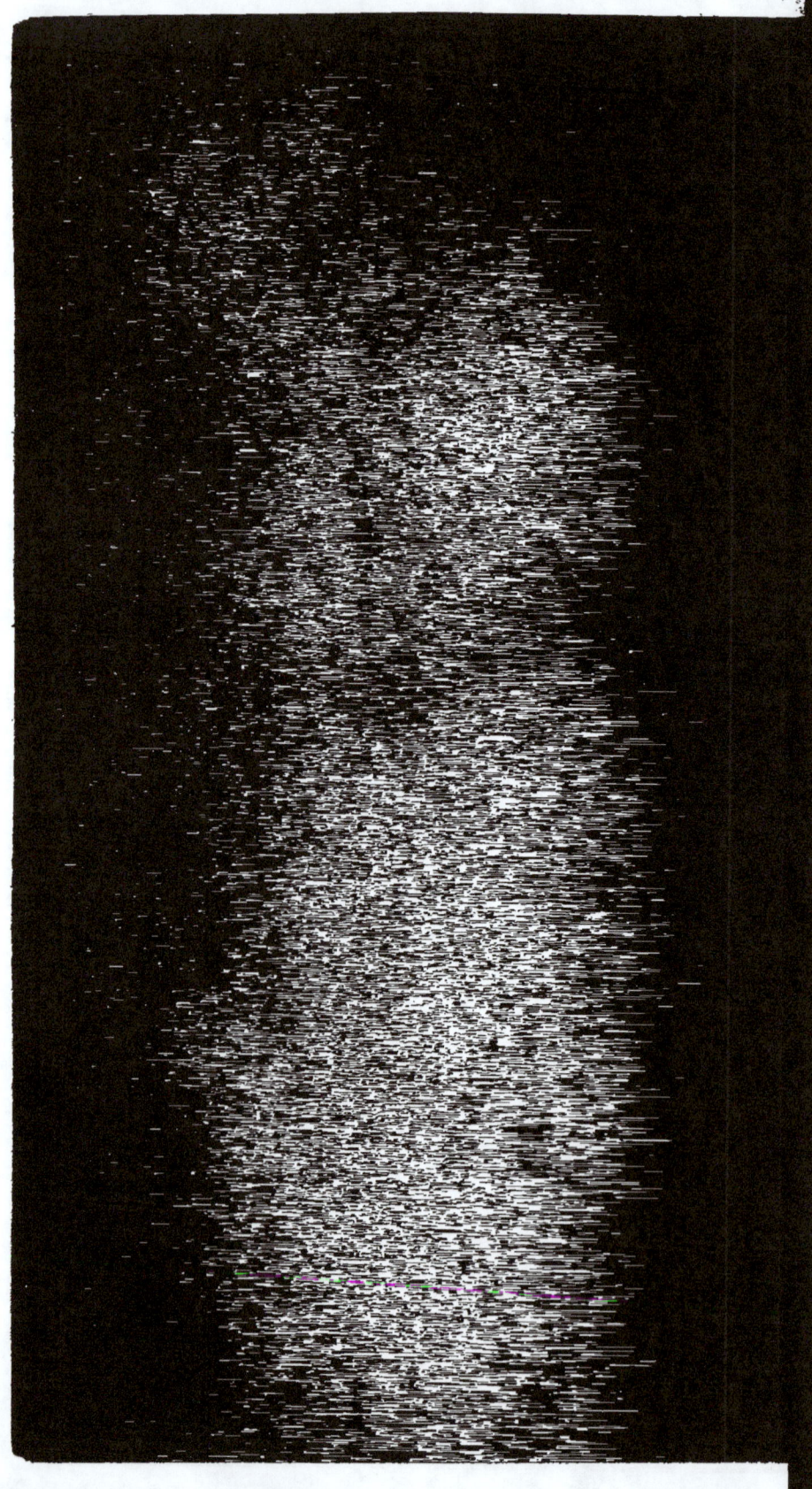

41

LES

TYRTÉENNES

C.

TYRTE.

CALIFORNI.
27, 1

LES

TYRTÉENNES

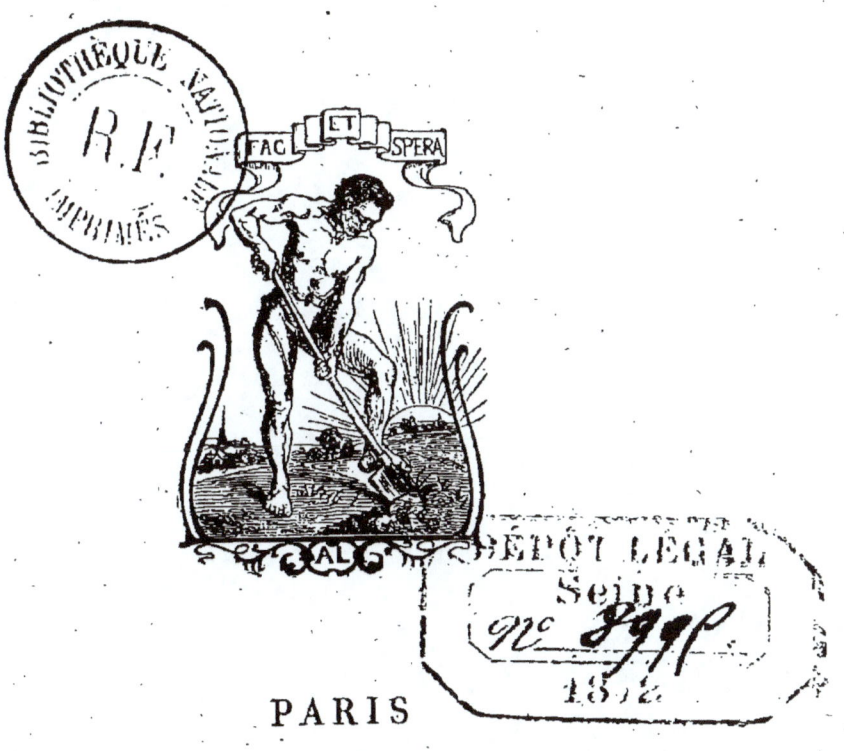

FAC ET SPERA

PARIS

ALPHONSE LEMERRE, ÉDITEUR

27, PASSAGE CHOISEUL, 29

M DCCC LXXII

DÉCLARATIONS.

E patriotisme et l'indignation prési-
daient hier à l'improvisation des
Tyrtéennes.

Le patriotisme seul préside aujourd'hui à leur révision.

Le Président de la République doit à son culte
exclusif de la patrie l'autorité morale qui lui
a permis de protéger la France contre elle-
même, tout en la faisant de nouveau respecter
par l'Europe.

Sans l'autorité morale de M. Thiers, que serait
devenu le pays, égaré par la passion généreuse
des uns, sacrifié par la passion égoïste des
autres?

Subordonnant avec lui tous les autres sentiments à celui du patriotisme, n'ayons désormais en vue qu'un but unique :

La reconstitution de la France !

En dehors de la forme républicaine, cette reconstitution est impossible.

Ce n'est récriminer contre aucune des formes de gouvernement dont la République française accepte l'héritage que de constater l'impuissance avouée des hommes qui les personnifient.

Instinctivement désireux, comme Français, de voir surgir quelqu'un qui rende impossible la restauration de leur principe; heureux de faire adresser directement au Chef actuel de l'État des remerciements et des témoignages d'adhésion à sa personne, ils se bornent, comme Princes, à laisser la France comprendre que, descendît-elle toujours, ils resteraient encore incapables de présider à ses destinées.

Voilà pourquoi le patriotisme de M. Thiers l'entraîne de plus en plus vers la République.

Voilà pourquoi, pressés de l'imiter sans trahir leur passé, ceux-là même qui ont conservé le respect des Dynasties impuissantes, souhaitent qu'on dégage promptement leur honneur en consultant directement la France.

Chaque parti n'a, pour absorber les autres, qu'une raison : la force.

La force n'est pas le droit.

La France peut exiger, elle, que ses enfants se réconcilient dans ses bras, pour amener ses vainqueurs à lui rendre ce qu'elle a perdu, ou pour le lui reconquérir.

Les masses, qui ont aussi le sentiment du patriotisme, devaient promptement sacrifier, à la reconstitution de la France, jusqu'à leurs légitimes aspirations vers une répartition plus équitable des droits et des devoirs sociaux.

Aussi, tous les hommes du peuple, sans en excepter ceux que la justice militaire a frappés, sont-ils aujourd'hui résolus à la plus complète des abnégations pour faciliter au Président l'accomplissement de sa tâche.

Nul ne saurait résister aux élans généreux des masses sans donner à suspecter son patriotisme, sans assumer la responsabilité des immenses malheurs qui résulteraient, pour la France, de la désunion prolongée de ses fils.

Ceux-là auraient-ils à se plaindre en effet des conséquences de leur égoïsme, qui, s'obstinant à diviser la France au nom de la force, la contraindraient à se reconstituer par la force?

Ce ne sont pas les partisans de Gambetta qui sont impatients de le voir de nouveau chargé d'une responsabilité terrible. Ce sont les adver-

42

saires de la République. Ils poussent à l'avénement prématuré du jeune tribun, dans l'espoir
que des excès, rendus par eux indispensables, met-
tront de nouveau la France à deux doigts de
l'abîme.

Le sentiment patriotique du Président de la
République sera, contre un tel espoir, partagé
par tous ceux que l'énergique vieillard convie
à l'œuvre de la reconstitution du pays.

Il le faut pour faire comprendre à l'Europe
qu'en entravant cette œuvre elle s'exposerait immédiatement au plus redoutable des cataclysmes,
dans l'unique but de se soustraire, momentané-
ment, aux exigences inévitables, mais encore
pacifiques, d'une légitime revendication.

L'Alsace et la Lorraine, comme toutes les provinces situées de ce côté du Rhin, font partie de
la France, au même titre que la Lombardie et
Venise sont inséparables de l'Italie.

L'Europe ne servira par conséquent ses véri-
tables intérêts que si elle en facilite la restitution, car elle ne pourra rien fonder de stable
tant que cette restitution n'aura pas été faite.

La France reconstituée peut admettre, elle, la
discussion sur les moyens qui lui seront offerts de
rentrer en possession de ces provinces, avant de
songer à la revanche par les armes.

Aussi les Tyrtéennes *dépasseraient-elles leur but, si on pouvait leur attribuer le caractère d'une provocation.*

Il ne faut pas confondre le cri de la victime, consciente de son droit, avec la menace des envahisseurs altérés de conquêtes ou songeant à se gorger de butin.

S'il retentit dans l'âme des nations, comme un encouragement ou comme une promesse, la faute en sera aux gouvernements qui, refusant de donner à ce cri son interprétation véritable, autoriseront les peuples à le prendre pour le signal universellement attendu.

Serait-il, du reste, de toute impossibilité qu'à un moment donné, le redoutable adversaire que nous ont suscité les défaillances du second Empire, et dont les opinions sont au fond républicaines, comprît qu'en présence de l'indiscutable abâtardissement des Dynasties, dont il a été mieux à même que personne de constater les effets, il est de toute nécessité de travailler promptement, par la réconciliation des peuples, à la fédération inévitable de l'Europe?

Dans tous les cas, pour l'Europe comme pour la France, l'autorité morale de M. Thiers est une possibilité d'apaisement.

Tout embarras créé à sa politique républicaine

est donc un danger pour les droits acquis, comme pour les trônes.

Aujourd'hui, bien mieux qu'à Campo Formio, la République française est comme le soleil :

Aveugle qui ne la voit pas!

Mais plus aveugles encore, ceux qui, la voyant, refusent de compter avec elle, ou qui, par crainte de ses revendications prochaines, s'exposent à subir immédiatement sa justice, ou à trembler demain sous les éclairs de son épée.

25 novembre 1872.

A UNE GRANDE OMBRE

A ta grande ombre ce volume,
Martyr sacré de notre honneur,
Qui crut venger notre amertume
En nous immolant ton bonheur.
Dans le sang de Labédoyère
Le vieux monde avait trébuché;
En mutilant ta tête fière,
De la tombe il s'est rapproché.
Lorsque ton cœur dans ta poitrine
Battait pour la dernière fois,
Écho de la fureur divine
A sonné le tocsin des Rois;
Et, du sol que ton sang inonde,
Heureux et fier de te bénir,
S'est élancé le nouveau monde,
'Les yeux tournés vers l'Avenir!

LES

TYRTÉENNES

PRÉLUDE

J'ai ramassé la pointe de l'épée
Qu'entre nos doigts raidis l'Allemagne brisa ;
Et dans mes pleurs de rage après l'avoir trempée,
    De nos morts j'écris l'épopée,
Sur le sol déchiré que leur sang arrosa.
    A moi, les ombres vengeresses
    Des héros tombés pour toujours !
Les blessures par où se sont enfuis leurs jours
Ont dicté leur langage à mes mâles ivresses.

A moi, les enfants morts sur le sein profané
Des épouses qu'on pleure, et qui seront vengées !
    A moi, les vierges outragées,
Dont au souffle du nord le front pur s'est fané.
        A moi, les vieillards qu'on égorge !
        A moi, comme au feu de la forge
        L'eau qui décuple son ardeur,
Les pleurs des orphelins, pour que leur onde amère
De ses flots courroucés enivre un autre Homère,
Qui de nos fiers Hectors célèbre la grandeur !
        — France, mère chérie,
    Relève-toi du sol ensanglanté.
Dans tes flancs, il est vrai, je vois encor planté
Le glaive qu'au grand jour y plongea la furie
Du Germain, qui lui-même en fut épouvanté ;
        Mais, plus ta souffrance est cruelle,
        Plus mon cœur déchiré par elle
            Frémit de rage en moi ;
Mais, plus ta veine coule et plus ton corps se penche,
        Plus les accents de notre foi
Doivent, avec transport, pousser à la revanche !
—Provinces, dont la gorge eut des cris si touchants,
Cités, que nos aïeux payèrent de leur vie,
Pour recouvrer un jour la liberté ravie,
        Faites passer votre âme dans mes chants !
        La Discorde aux torches fatales
S'agite en vain autour des monuments détruits.
Pour résister au choc de ses fureurs brutales,
    Nos durs revers nous ont assez instruits.
Quels droits et quels devoirs parlent plus haut en France

Que le droit de chasser l'aigle noire du sol ;
Que le devoir sacré de l'étrangler au vol,
Tant qu'un seul de nos bourgs attend sa délivrance ?
Des combattants d'abord ; des citoyens après !
Qui ne sut s'affranchir est de voter indigne !
Tant que nous ne verrons grandir que des cyprès,
Tant que nous n'entendrons que les adieux du cygne,
  Ne songeons qu'à nous trouver prêts,
Le jour où des vengeurs aura lieu la revue.
—Chants, travaux, lois, que tout ait le réveil en vue ;
  Car viendra l'heure du tocsin,
Où, jetant au plateau de la balance infâme
Le fourreau de l'épée encor dans notre sein,
Le vainqueur prétendra compléter son larcin
Du poids de ce fourreau joint à l'or qu'il réclame.
  Maudit doit être alors le bras
Ayant un autre but que les aigles germaines,
Ou pouvant susciter l'ombre d'un embarras
  A nos hécatombes humaines !
Maudit doit être alors celui qui prétendrait
Distinguer dans nos rangs un homme d'un autre homme !
Tous ayant à venger la même injure, en somme,
  Frappons qui nous désunirait.
— La France est notre unique et souveraine amante.
Qu'elle ait jeté loin d'elle, afin de mieux lutter,
Sa couronne de Reine, et, de sa main fumante,
  Mis à son front, pour nous mieux exalter,
L'héroïque bonnet dont la couleur transporte ;
Qu'elle soit République ou Royauté, qu'importe !
  Pourvu que ses drapeaux jaloux

Déroulent de nouveau l'arc-en-ciel de sa gloire
Sur les champs où s'étonne, en ce moment, l'Histoire
De ne plus rencontrer la trace de ses coups.
     Ce qu'il nous faut, c'est la victoire!

LE DRAPEAU

Devant nos bataillons épais,
Jaloux d'ajouter à sa gloire,
Les plis fiers du drapeau français
S'agitent, gonflés par l'Histoire.
Sanglants, noircis et déchirés,
Sous leur aigle, sœur du tonnerre,
C'est toujours dans ces plis sacrés
Que le droit enfante la guerre !

L'oriflamme de Saint-Denis,
Que porta Jeanne l'intrépide,
A fourni l'or pur de ses lys
Pour fondre l'aigle au vol rapide ;
Notre sang rouge a ruisselé
Sur l'hermine déjà si fière ;
Et l'azur du ciel étoilé
A complété notre bannière

Quand la France, pour s'affranchir,
Créa l'arc-en-ciel tricolore,
Sans hésiter, sans réfléchir,
Elle en fit au monde une aurore;
Et, sur tous les fronts promenant
Nos libertés avec nos gloires,
Ce drapeau s'en fut triomphant
Semer l'univers de victoires !

Lors, des cieux où naît le soleil,
Aux cieux où l'astre d'or se couche,
Du midi, vêtu de vermeil,
Au nord, d'où vient le vent farouche,
Que les fils de notre sol fier
Trouvent la joie ou la souffrance,
Ce drapeau, demain comme hier,
Pour eux sera toujours la France !

A son retour des cieux lointains,
Le deuil s'enfuit, dès qu'il approche;
Car l'âme des soldats éteints
Renaît en lui pour chaque proche :
La veuve revoit, dans ses plis,
L'époux mort en priant pour elle,
Et les orphelins sont bénis,
Dès qu'il les touche de son aile !

LA HAINE

Vous devez nous haïr, et nous vous haïssons.
    Cela remonte à Charlemagne,
Dont la main transforma vos forêts en buissons,
    Et traqua vos bandits saxons
    Du sud au nord de l'Allemagne.
Nous sommes l'avenir ; vous êtes le passé.
Vous prétendez en vain, où nous avons passé,
    Déraciner notre mémoire.
Nous avons, trop souvent, mis notre pied sur vous
Pour que vous effaciez la trace de nos coups,
    Eussiez-vous même la victoire !

Vous devez nous haïr, et nous vous haïssons.
    Louvois a dépouillé vos cimes.
Vos fleuves éblouis répétaient nos chansons,
    Lorsque vous serviez d'échansons
    A nos républicains sublimes.
Vous convoitez nos biens ; nous voulons affranchir
Les peuples. Notre front n'a jamais su fléchir ;

Le vôtre est courbé par l'ivresse.
Vous êtes des pillards; nous sommes des soldats.
Dans vos propres cités, quand nous portons nos pas,
Leurs murs tressaillent d'allégresse.

Vous devez nous haïr, et nous vous haïssons
Lorsqu'ayant la couronne en tête,
Notre César s'en fut ravager vos moissons,
Et dicter nos rudes leçons
Jusqu'à Berlin qui lui fit fête,
Sa main, s'il l'eût voulu, vous anéantissait.
Il eut pitié de vous. A peine il repassait,
Qu'embusqués dans vos bois sauvages,
Vous fîtes payer cher à ce hardi vainqueur
La faute qu'il commit, quand il vous crut un cœur,
De respecter vos héritages.

Vous devez nous haïr, et nous vous haïssons.
Sur les talons des Moscovites,
Vous avez prétendu disperser nos tronçons
Et déshonorer nos Samsons
Avec vos cohortes maudites.
Tous nos vainqueurs d'un jour ont été généreux.
Seuls, vous avez laissé des souvenirs affreux
Dans les pages de notre histoire.
Nos mères nous ont dit que, sourds à leurs douleurs,
Accueillis en soldats, vous partiez en voleurs;
Et nous avons de la mémoire!

Vous devez nous haïr, et nous vous haïssons.

Notre revanche était certaine,
Quand Blücher, que toujours ici nous maudissons,
Voulut clouer à ses arçons
L'essor de la pensée humaine.
Ce ne fut pas l'Anglais qui s'acharna sur nous.
Pendant la nuit cruelle, il s'en remit à vous
Du soin d'achever les victimes ;
Et, sans avoir pris part au combat corps à corps,
C'est avec des blessés que vous fîtes des morts,
Transformant les exploits en crimes.

Vous devez nous haïr, et nous vous haïssons.
Depuis lors, vos oiseaux de proie
Planent en tournoyant sur nos riches moissons,
Épiant chacun des frissons
Qui nous troublent dans notre voie ;
Et, comme nous avons rallumé le flambeau
Qu'avait éteint leur aile, au feu du renouveau
Qu'ont eu, malgré vous, les idées,
Vous tremblez que, demain, l'Europe sous nos pas
Ne vous écrase enfin, bourreaux, entre ses bras,
Avec vos royautés fardées.

Vous devez nous haïr, et nous vous haïssons.
Vieille noblesse germanique,
Hobereaux dont les juifs, pour devenir barons,
Ont redoré les écussons,
En les clouant sur leur boutique.
Puisqu'il fallait qu'un jour notre combat reprît,
Pour savoir ce qui doit l'emporter, de l'esprit

Ou de la brutale matière,
Autant vaut que ce soit aujourd'hui que demain,
Et que le gant jeté parte de notre main,
En réponse à l'injure altière.

Vous devez nous haïr, et nous vous haïssons.
Vous aurez beau tenter l'Histoire,
Vous n'en serez jamais les hardis nourrissons.
Prussiens, Bavarois et Saxons,
En nous disputant notre gloire,
Ne croyez pas qu'il soit possible d'en finir.
Tant que, des fiers enfants que nous allons bénir,
Un seul restera sur la terre,
Nous recommençerons à lutter contre vous,
Jusqu'à ce que la France ait encore un de nous
Pour vous obliger à vous taire.

Vous devez nous haïr, et nous vous haïssons.
Épaississez donc vos nuées;
Entassez les obus dans de pesants caissons;
Piquez, de vos estramaçons,
Vos cavales exténuées;
Étranglez, dès ce soir, en le prenant au col,
Le passé qui nous gêne encor, sur notre sol,
Pour pouvoir affranchir le vôtre :
Après les bataillons viendront les citoyens;
Et vous verrez, ainsi qu'aux premiers temps chrétiens,
Ce que la force est à l'apôtre!

PARLEZ !

Le territoire est envahi !...
Et Paris n'en sait rien encore !
Craindrait-on d'en être trahi,
Quand un noble feu le dévore ;
Quand, jaloux d'agir à son tour,
Il tressaille d'impatience,
Prêt à vous prouver son amour,
S'il avait votre confiance !

Oubliez-vous donc qu'autrefois,
Pour l'exciter à l'œuvre fière,
On lui disait combien de Rois
Osaient envahir la frontière ;
Et qu'alors, frappant du talon
Son sol chéri des renommées,
Aux quatorze bruits du canon
Il opposait quatorze armées.

Parlez donc! Fussions-nous défaits,
Paris en serait plus terrible;
Et nous reverrions de grands faits
Surgir sous son bras inflexible.
Une fois encor, ses enfants
Marcheraient où le canon gronde;
Et par l'Europe, triomphants,
S'en iraient affranchir le monde!

FRAGMENTS

La foudre n'est pas longue à rencontrer son but ;
Et sa flamme a déjà foudroyé ce qui fut,
Que l'œil le cherche encor où l'avenir va naître.

Paris, surexcité par le départ du maître,
Semble crier toujours : « A Berlin ! à Berlin ! »
Les régiments ont peine à frayer leur chemin
Au milieu de la foule épaisse et frémissante.
Déjà, pour célébrer la victoire récente,
Sur toutes nos maisons s'agitent des drapeaux.
Les boulevards, au bruit des chants nationaux,
S'illuminent le soir de clartés triomphales.
L'héritier de César a ramassé des balles.
Sass et Capoul ont eu leur part dans le succès.
On subit Ollivier, mais on reste Français ;
Et ce n'est pas après vingt ans d'un tel Empire
Qu'un si noble pays en quelques jours expire.

Orgueil des histrions, dont le fragile espoir,
Quand Bismarck avançait, ne songeait qu'à Belloir !
A peine as-tu duré le temps que dure un rêve.
Le réveil est venu. Çà, dormeur, qu'on se lève !
Ton cœur est-il vraiment au niveau de ton nom ?
La réalité parle enfin. C'est le canon !

Ce fut au ministère un changement à vue,
Quand, au lieu de chanter la victoire attendue,
Il fallut envoyer, au plus prochain bazar,
Pour monsieur Chevandier, chercher un pot de fard,
Et que lui-même, ayant aux yeux la peur figée,
Vint lire la dépêche avec soin mitigée :
Mac-Mahon en retraite, et d'autres se sauvant.

Ceux dont la boutonnière avait, auparavant,
Des rosettes jadis à Saint-Cloud demandées,
Otaient discrètement ces fleurs intimidées,
Pour pouvoir aux tribuns insinuer déjà
Qu'on est de son pays avant tout, et qu'on n'a
Le devoir de baiser les pieds d'un chef suprême
Qu'autant que par le sort il est servi lui-même.
Un seul homme de cœur parla, ce triste soir,
En faveur des vaincus ; et ce fut Louis Noir,
Dont l'âme de soldat se révoltait d'entendre
Ces lâches employés payés pour le défendre,
Accabler l'Empereur sous un dernier affront,
Devant un écrivain écœuré de leur front.

Mais la place Beauvau sur la place Vendôme

Ne l'emportait en rien. La face polychrome
Du ministre, écrasé par l'insuccès fatal,
Même à ses ennemis, pour notre honneur, fit mal.
Adelon, l'œil éteint, la voix entrecoupée,
Courait les corridors, en criant : « Une épée ! »
Croyant qu'un aigle naît de l'effroi des gerfauts
Ainsi qu'un million d'un télégramme faux.

On avait là le Peuple ; on appela la Chambre.
On pouvait soulever la France avant Septembre ;
On pouvait, d'un seul mot, enfanter des vengeurs ;
Lutter : on préféra réunir des causeurs !
Tant chacun, désormais, avait hâte de prendre
Sa valise et d'aller en Angleterre attendre,
Quand il aurait suffi, pour vaincre le danger,
De redresser la tête et de l'envisager.

Quoi ! la fille du Cid habite aux Tuileries !
Quoi ! cette Capitale est grosse de furies !
Quoi ! chacun veut partir un fusil à la main ;
Et nulle voix ne dit : « Vous partirez demain ! »
Trois cent mille conscrits couraient à nos frontières,
Si vous l'aviez voulu ; cent mille vivandières
S'échelonnaient du champ fatal aux hôpitaux,
Prêtes à foudroyer leur part de hobereaux
Un mot, un cri, l'éclair dont s'arme le génie,
Le peuple s'exaltant à l'aspect d'Eugénie
Communiquant sa flamme aux gens des carrefours,
Les sénateurs allant, en manteau de velours,

Trouver aux ateliers ce qui nous restait d'hommes,
Les conseillers privés s'écriant : « Nous en sommes !
Les députés s'armant au lieu de discourir ;
On pouvait voir alors une autre ère s'ouvrir ;
Et le volcan éteint, qui s'endort sous l'outrage,
Sur l'Allemagne en feu vomissait le carnage !

. . . .

La retraite avait lieu ; la déroute hâtait
Sa marche ; la nuée effrayante éclatait ;
Douai disparaissait dans la mêlée ardente,
Ainsi que Romulus ; nul des tercets du Dante
N'a donné de l'horreur un plus complet tableau
Que ces trois champs de morts, formant un seul tombe
Où dorment, engloutis dans l'éternel mystère,
Les symboles vaincus de l'honneur militaire.
Wissembourg ! Forbach ! Wœrth ! On a vu, depuis vou
Tant de drames, qu'ils vont rester troubles pour nous
Les souvenirs sacrés que votre nom réveille,
Jusqu'au jour où le droit, qui dans l'oubli sommeille
Comme le pâle front des gigantesques morts,
Nous permettra de rendre hommage à vos efforts.
Sublime tourbillon des cuirassiers épiques,
Ramenés tant de fois sur les loups germaniques ;
Officiers réunis sous l'ouragan fatal,
A pied, pour mieux combattre autour du maréchal ;
Bruns enfants du désert, dont l'ardente furie,

D'une gloire immortelle a doté l'Algérie ;
Modestes fantassins par les boulets frappés,
Aux revers des coteaux sous la flamme occupés ;
Héroïques martyrs d'une ignorance infâme,
Dont aucun dans la mort cependant ne réclame
Contre des chefs surpris, mais ayant effacé
Leur erreur, en tombant où la Prusse a passé,
Nous vous réveillerons dans vos tombes muettes.
Au bruit de nos tambours nous verrons vos squelettes
Soulever cette terre où l'on vous a couchés,
Comme autant d'épis mûrs sous le soleil fauchés ;
Dieu remplira d'éclairs vos yeux aujourd'hui vides,
Pour que vous nous suiviez, vengeurs aux pas rapides,
Jusques à ce Berlin où vous seriez allés,
Si les bois d'un ministre avaient été brûlés.

Dans tous les défilés montueux de l'Alsace,
Que d'hommes dispersés, dont hier la menace
Illuminait le front de son sublime éclair !
Que de femmes en pleurs, et d'enfants, dont la chair
Bleuit, sous les soufflets du vent et de la pluie !
Que de chevaux errants, dont la tête s'appuie,
Sur le ventre des morts qu'ils semblent appeler,
De canons que la peur s'est prise à dételer,
De fourgons oubliés par l'intendance en fuite,
De bataillons sans chefs, d'états-majors sans suite,
De villages déserts et de villes en deuil,
Dont tous les habitants ont déserté le seuil !
C'est la Déroute sombre, impitoyable, lâche,
Dont la lèvre livide et frémissante mâche

Une salive épaisse aux effluves de sang.

. . . .

. . . .

. . . .

Strasbourg est dépassé. Tout fuit, tout fuit encor.
Quels sont ces monts neigeux, dont l'astre aux rayons d'or
Caresse vainement les éternelles toges ?
C'est la barrière enfin. Halte ! ce sont les Vosges !
Mille soldats pourront les défendre demain.
Non ! La déroute passe et poursuit son chemin.
Maréchaux, généraux, officiers, soldats, femmes,
Rien ne s'arrête, rien. Nul ne couvre de flammes
Le sol, pour retarder les pas des ennemis.
Qu'ils viennent ; leurs soldats nous trouveront soumis.
Ils croient braver la France ; et leur courage expire ?
Non ! ils marchent, certains qu'on leur livre l'Empire !
Et pendant ce temps-là, lentement, gravement,
A Paris, arrêtés par quelque amendement,
Les députés s'en vont, ainsi que les ministres,
Dormir, sans que, la nuit, tant de choses sinistres,
Sur l'aile des échos épouvantés déjà,
Dans leurs lits de duvet réveillent ces gens-là !

. . . .

. . . .

D'autres diront comment, sans foi dans la victoire,
Cent mille hommes, ayant encor dans la mémoire
La surprise de Wœrth et celle de Forbach,

Affaissés sous leur selle ou courbés sous leur sac,
Ne trouvant pas un mot pour exalter leur âme,
Ne sentant dans leur cœur grandir aucune flamme,
S'en furent vers le Nord sans cesse devancés,
Déjà par la défaite à l'abîme lancés.
Deux mots pouvaient alors, jetés dans leur pensée,
Précipiter soudain la marche commencée.
Ce furent les deux seuls qu'on ne prononça pas.
Cependant, isolé de ses sombres soldats,
L'Empereur, par ces mots bercé dès sa naissance,
Avait autant que Dieu la clef de leur puissance ;
Il savait d'un Français pouvoir faire un lion,
En lui jetant d'en haut ce cri : Napoléon !
Et contraindre les Rois ligués à l'inertie,
S'il osait ajouter après : Démocratie !

C'est en vain que les chefs, essayant de tromper
L'affreux pressentiment qui vient de les frapper,
Disent à leurs soldats que la victoire est sûre,
Ils conviennent entre eux du contraire. On assure
Que plus d'un a cru voir la mort à l'horizon.
De tous ces officiers le doute a seul raison,
Le doute, qui suffit pour dissoudre une armée !
. . . .
. . . .
. . . .

D'autres diront comment des généraux fameux
Laissaient, indifférents, leurs canons derrière eux ;
Comment on revenait, le soir, vers le village

Déserté le matin ; comment leur sourde rage
Poussait les plus ardents à perdre le respect
Des chefs ; comment l'armée avait le triste aspect
De ces troupeaux, auxquels un lugubre instinct crie :
« La route où vous marchez mène à la boucherie. »
D'autres diront comment on put surprendre encor
Ceux qu'on avait déjà tant surpris ; comment l'or,
Sur notre propre sol, ne put payer un guide,
Tandis qu'infatigable, incessant et rapide,
Le flot humain, tombé des Vosges sur nos pas,
Roulait, sûr de lui-même, et ne s'arrêtait pas ;
Comment enfin, le jour où finit la bataille,
Ainsi qu'en un creuset préparé pour sa taille,
L'armée eut la douleur de se voir, devant Dieu,
Fondre, sans rien pouvoir contre un cercle de feu !

Je ne veux qu'assister aux efforts héroïques
Tentés pendant trois jours, par nos soldats épiques,
Dès que le bruit strident du boulet dans les airs
Eut réveillé le sang endormi sous leurs chairs.
De leurs aïeux, ceux-là, du moins, ont été dignes.
Le bronze, en vain, brisait et déchirait leurs lignes ;
En vain la mort venait de l'inconnu lointain :
C'est vers cet inconnu qu'allait leur pas certain.
Ils tombaient ; et, passant sur le corps de leurs frères,
D'autres, vers les canons, en grappes meurtrières,
Se suspendant au bord des ravins disputés,
Étendaient en mourant leurs bras ensanglantés,
Tandis que les derniers, fiers de saisir leur proie,
Sur les affûts atteints expiraient avec joie.

Bazeilles quelque jour sortira du tombeau,
Glorieux mort aussi de ce combat si beau !
Ses maisons, que la flamme anéantit ; la terre,
Qui, sous leurs murs croulants, s'ouvrit comme un cratère ;
Le ciel, qui fut témoin de leur effondrement,
A l'avenir vengeur prouvent éloquemment
Que ce qui fit défaut à la France bridée,
Ce ne fut pas la chair à canon, mais l'idée ;
Que nous aurions vaincu, si la tête eût été
Digne du bras trahi par la fatalité !

Inutiles efforts des soldats dont on doute !
Incertains du succès, on pousse à la déroute,
Parce que nul, devant ces flots prêts à bondir,
N'ose en son désespoir crier : Vaincre ou mourir !
Trop condamné déjà pour qu'on le calomnie,
L'Homme voit commencer cette affreuse agonie.
Il n'a pas peur ; il est avec les premiers rangs :

.   .   .   .

.   .   .   .

.   .   .   .

.   .   .   .

.   .   .   .

Tu ne t'attendais pas, ô vieille Germanie,
A ce comble effrayant de notre ignominie ;
On te l'aurait prédit, tu ne l'eusses pas cru :
Huit millions de voix sur un unique élu ;
Vingt ans d'efforts tentés pour qu'il restât le maître ;
Une légende, ayant le peuple pour grand-prêtre ;

Un pays qui donnait son sang et ses trésors ;
Cinq cent mille soldats, dont cent mille sont morts ;
Tout ce qui fait qu'un homme est excusé de croire
A son droit orgueilleux de chercher la victoire,
Aboutissant, hélas ! à ce martyr indien,
Qui fume, clôt les yeux, et dit : « Je ne suis rien ! »

« Plutôt morts que tondus ! » cria la vieille Franque.
Le trépas, non la honte, à qui le trône manque ;
L'honneur, non le salut, quand trahit le succès !
Tels resteront toujours les sentiments français,
Qu'on veuille du pays consulter les voix fières,
Ou que, de son arrêt, on en appelle aux mères.
On a sauvé vos fils ? Attendez ! Les voilà
Qui sortent de Sedan, et qui s'arrêtent là.
Généraux, officiers les quittent. L'Allemagne
Prend sa proie ; et, bientôt, marchent dans la campagne,
Sous la crosse de ceux qui les ont désarmés,
Ces hommes si vaillants, hélas ! et tant aimés.
S'ils parlent, on les bat ; s'ils ont faim, on les raille ;
S'ils tombent, on les laisse expirer sur la paille ;
S'ils résistent au froid, à la faim, aux douleurs,
Ces fils que vous avez baignés de si doux pleurs,
Ils travaillent la nuit, le jour, sans paix ni cesse,
Pour le vainqueur, jaloux d'énerver leur jeunesse ;
Et s'ils peuvent un jour embrasser votre main,
Leur noble cou sera meurtri du joug germain !
Quelle est celle de vous, femmes, qui ne préfère
Pour ses fils, au trépas honteux que l'on diffère,
Le trépas éclatant, le désespoir fameux,

Avec la chance encor d'en revoir un sur deux ;
La lutte sans merci ; la trouée héroïque ;
L'épouvante imposée au vainqueur ; la réplique
Du bras qui veut et pense au bronze indifférent ;
Le terrible chez nous réveillé par le grand ;
Et, s'il n'était sorti de Sedan pas un homme
Pour surprendre Paris dans son lugubre somme,
L'hécatombe complète, à la France laissant
Son unité, sa force et son aigle puissant !
Voilà ce qu'avec nous vous auriez choisi, mères ;
Voilà ce qui pouvait, dans ces heures amères,
Être le vrai salut par le sang et la mort,
Le seul salut que puisse accepter un cœur fort ;

.   .   .   .

.   .   .   .

Tout est connu : l'armée est prisonnière !
Sedan a vu, du haut de ses remparts,
La Germanie, avec sa main grossière,
De nos soldats souiller les étendards.
Tout est connu : rien ne reste à la France
Des bataillons partis pleins d'espérance ;
On a livré jusques à son honneur ;
Et, quand la masse est encor désarmée,
Qui va demain lancer une autre armée
Entre Paris et l'ennemi vainqueur ?

Le palais ne s'est pas ouvert ; et les ministres
N'ont rien fait, rien voulu, rien dit, rien préparé.

4

Paris est plein de fièvre et de clameurs sinistres.
« Demain ! » a dit la Chambre, et l'on s'est séparé.

Demain, fous, c'est le précipice !
C'est, par la céleste Justice,
Le trône en bas précipité.
Demain, c'est tout ce qui nous reste
S'écroulant sous la main funeste
D'une horrible fatalité !

Mais, dès l'aube, du moins, au seuil des Tuileries,
Fraternisant avec les troupes aguerries,
Tous les puissants d'hier que l'Empire a comblés,
Jaloux de leur honneur, se seront rassemblés.
Fidèles au malheur autant qu'à la Fortune,
Les députés seront accourus ; et chacune
De ces nobles ardeurs voyant son but atteint,
L'union restera le gage du destin.
Hélas ! Il n'est venu s'offrir qu'une Princesse,
A qui les chambellans ont dit que rien ne presse ;
Qu'elle peut revenir, quand midi sonnera.
Mais à midi, ce n'est plus elle qui viendra ;
C'est le peuple indigné, qui comprend qu'on abdique ;
C'est la masse criant : Vive la République !
C'est la division, le chaos, l'inconnu,
Résultant plus encor, hélas ! du temps perdu
Que de l'ambition des hommes qu'on accuse ;
C'est le patriotisme exploité par la ruse ;
C'est tout ce qu'une femme eût arrêté soudain,

Si, ...
. . . .
. . . .

Ne reviendrons-nous plus à ces époques fières
Où l'on savait garder le pouvoir jusqu'au bout,
Dût-on sur l'échafaud réciter ses prières,
Tomber sous le poignard ou rouler dans l'égout ;
Où, n'ayant accepté de guider ses semblables
Qu'en étant convaincu de remplir son devoir,
On savait, au besoin, pour des droits respectables,
Lutter jusqu'à la mort et la bien recevoir ?
C'est qu'on croyait, hélas ! alors, à quelque chose,
Tandis que, de nos jours, on ne croit plus à rien,
Si ce n'est au succès qu'on sert comme une idole.
Fuir l'autel déserté d'où le bonheur s'envole,
Pour ce siècle maudit, c'est exalter le bien !

. . . .
. . . .

Ne vous pressez donc pas au coin des carrefours,
Hommes prêts à donner et vos biens et vos jours
    Pour terrasser la Germanie ;
Cessez d'armer vos fils, mères pleines de cœur,
En leur disant qu'il faut courir sus au vainqueur,
    S'ils ne veulent qu'on les renie.

Ne désertez donc pas l'atelier, gens de bien,
Qui, n'ayant que du sang, ne pouvez être rien
    Aux yeux de vos propres apôtres ;

Et ne frappez donc plus sur la peau des tambours,
Enfants que l'on dédaigne, et qui croyez toujours,
      Que nos temps sont comme les autres.

Tout ce que vous ferez, tout ce que vous direz,
Tout ce qu'avec ardeur pour le bien vous voudrez,
      Seront des choses inutiles.
Bâtissez des palais, maçons, pour les heureux;
Mais ne prétendez pas vous permettre avec eux
      D'essayer de sauver des villes!

      Et pourtant, quelle joie immense!
      Quel dévouement et quelle ardeur!
      Une aussi sublime démence,
      N'aurait pas raison du vainqueur?
      Un million d'énergumènes,
      Ayant enfin brisé leurs chaînes,
      N'iraient pas, avec des bâtons,
      Étouffer l'insolente armée
      Qui marche, au carnage animée,
      Sur la gorge de nos cantons?

Hélas! trois fois hélas! pendant que cette foule
Offre ses bras, son sang, ses biens et son amour,
Qui saurait où, là-bas, cette calèche roule,
Rougirait de comprendre et d'avoir vu le jour.

. . . .
. . . .

Cependant, à Borny, pourtant, à Gravelotte,
Malgré l'ambitieux qui dans l'ombre complote,
Notre armée a prouvé ce que l'on aurait pu
Si, marchant à sa tête et tentant la trouée,
Sur les murs d'une ville on ne l'eût pas clouée
      Dans son élan interrompu.

Elle a lutté d'abord en acclamant l'Empire,
Espérant qu'une voix, pour flatter son délire,
Lui jetât le grand nom que la France attendait;
Mais, hélas! à ce nom quand elle était fidèle,
Celui qui le reçut, pour se séparer d'elle,
      Vivant, aux Prussiens se rendait.

Elle a lutté plus tard, notre armée héroïque,
Sachant bien qu'à Paris naissait la République;
Et, dès qu'elle marchait, l'Allemagne avait peur;
Car il aurait suffi qu'on la laissât combattre,
Pour que les fiers Germains lances un contre quatre
      Connussent enfin la frayeur.

Mais rien! rien! si ce n'est la retraite sonnée,
Dès que, sur la hauteur, la victoire étonnée
Voit s'arrêter soudain ses amants d'autrefois;
Si ce n'est un essai tenté pour la séduire,

  . . . .

  . . . .

Lorsque l'on voit combien, pendant nos sombres jours,
Le peuple est supérieur à ceux qu'il suit toujours,

Comment ne pas comprendre, alors, qu'ils le haïssent,
Que ces efforts puissants, ils les anéantissent ;
Et qu'entre l'étranger qui les menace, et lui,
Leur cœur pour l'étranger se prononce aujourd'hui ?
Au plus beau des trépas le peuple veut les suivre ;
L'étranger les caresse et les laissera vivre ;
Le peuple, en donnant tout, leur dicte leur devoir ;
Eux, loin de tout donner, veulent tout recevoir ;
Le peuple est excité par ses compagnes fières ;
Ils ont, pour la plupart, des femmes étrangères ;
Le peuple aspire au mieux, ils rêvent au passé ;
Le peuple a les bras nus, leur linge est repassé ;
Le peuple est l'inconnu qui monte des ténèbres ;
Cet inconnu les plonge en des terreurs funèbres ;
Si bien que l'étranger qui s'avance en vainqueur
N'est plus un ennemi, pour eux, mais un sauveur !

.   .   .   .

.   .   .   .

Ah ! ce fut un spectacle effrayant et sublime
Que celui qu'offrit Metz en apprenant le crime.
La misère et la faim n'éteignent pas le cœur ;
L'esprit électrisé rend au corps sa vigueur.
Les vieillards, les enfants, les femmes, par les rues,
Jettent leur anathème aux troupes accourues ;
Et, pendant tout un jour, la vaillante cité
Menace enfin le ciel d'un bras surexcité.
Ah ! quoi qu'on te reproche et quoi qu'on t'ait vu faire,
Rossel, on ne saurait en te frappant nous plaire ;

Car la France te vit protester éperdu,
Flétrir en t'indignant l'homme qui s'est perdu,
Car, pour elle, qui sait en amour se connaître,
Tu restes le héros et Bazaine le traître !
Les soldats à leur tour, comme les habitants,
Traduisent leurs fureurs en transports éclatants ;
Les drapeaux sont jetés aux flots de la Moselle ;
Les fusils sont brisés ; la farouche étincelle
Du désespoir sillonne à la fois tous les fronts ;
Chacun mesure enfin la grandeur des affronts,
La profondeur du gouffre où notre honneur succombe ;
Des morts de Gravelotte on jalouse la tombe ;
On s'indigne, on s'exalte, on pleure, on devient fou ;
Mais encor, pour mourir, faudrait-il savoir où,
Comment, avec quels chefs ; et, déjà, dans la plaine,
Des Germains appelés paraît l'aigle hautaine.
En vain, au dernier jour, l'homme enfin s'est tendu ;
Il n'est plus temps ; il faut qu'il cède : il s'est rendu !
Seulement, on affirme, et Dieu dut le permettre,
Qu'au moment où sa main frémissante allait mettre
Le seing déshonorant sur le papier honteux,
A son tour de l'espace il détourna les yeux,
Pour ne pas voir, debout, dans sa gloire dernière,
Le Prince abandonné, dont la parole altière
Retournait lentement, dans son cœur froid et sec,
Comme on fait d'un poignard, ce mot : Chapultepec.

. . . .
. . . .

Mères, dont les doux bras ont bercé dans leurs langes

Ces fils qu'en souriant vous compariez aux anges,
       Et qui les avez vus grandir,
Sans cesser un instant de vous en montrer fières,
Vous frémissiez au son des trompettes guerrières,
Cette voix de l'honneur qui nous pousse à mourir ;
Mais, lorsque l'Allemagne eut défié la France,
Votre crainte aussitôt fit place à l'espérance,
Car vos fils s'en allaient, avec un Empereur,
Venger le grand pays où vos ventres conçurent.
Il est des noms puissants qui charment et rassurent :
Celui de notre chef exaltait votre cœur.

Vierges, qui regardiez avec orgueil vos frères,
Ou qui, dans le giron adoré de vos mères,
       Songiez à vos époux futurs,
Quelle horreur du tambour avait votre âme aimante,
Quand un beau régiment, dans la saison charmante,
Défilait sous vos yeux si calmes et si purs !
C'est que votre âme, au bruit de la marche sonore,
Entrevoyait déjà la tombe qui dévore ;
Mais, quand votre pays, par le monde écouté,
Sous un Napoléon rassembla son élite,
Dans votre cœur l'espoir guerrier remplaça vite
Cet effroi du tombeau jusqu'alors redouté.

Femmes, dont les époux portaient un uniforme,
Avant que l'Allemand à la face difforme
       Eût traversé les flots du Rhin,
Tout en versant des pleurs au signal de la guerre,
Quelle est celle de vous qui ne se montrait fière

De compter un soldat auprès du Souverain ?
L'aigle d'or, qui couvrait l'Empire de sa gloire,
Était pour vous encor la sœur de la victoire ;
Ils pouvaient, en héros, à son ombre mourir ;
Mais la honte jamais ne devait les atteindre ;
Et vous vous consoliez d'avance d'être à plaindre,
Si, de leur mort, le sol pouvait s'enorgueillir.

C'était la fin terrible, hélas, mais héroïque,
Qu'abordait hardiment l'âme patriotique,
        En se résignant, sans effort,
A perdre son bonheur sur le champ de bataille,
Pourvu que le pays, au choc de la mitraille,
Conquît la foi du monde et le respect du sort.
Mais quelle certitude était aussi la vôtre,
De voir l'aigle germaine, aux serres de la nôtre,
Se débattre, saignante, en implorant merci.
Iéna vous répondait du succès ; et la France,
Sous un Napoléon, superbe d'espérance,
Criait à la victoire en partant : — « Me voici ! »

Regardez maintenant, mères, sœurs, fiancées,
Épouses, par l'orgueil à cet espoir poussées,
        Voilà ce qu'a fait le vainqueur
De ces hommes nourris du suc de vos entrailles,
De ces frères si prompts à l'appel des batailles,
De ces amants si fiers d'exalter votre cœur,
De ces mâles époux, dont l'épaule solide
Semblait pouvoir porter un monde comme Alcide.
Regardez vers Sedan, vers Metz, dans les ruisseaux.

Ces vaincus affamés, femmes, ce sont vos hommes ;
C'est notre honneur d'hier à tous tant que nous sommes ;
Et ne demandez pas où sont leurs généraux !

Trois cent mille soldats prisonniers ! trois cent mille !
Contraints à revêtir la capote servile,
    Implorant vainement du pain,
Hâves, fangeux, brisés, le corps vide de séve,
Croyant lutter encor contre un horrible rêve,
Tant que n'a pas frappé la crosse du Germain ;
Mais comprenant, hélas ! qu'aucun d'eux ne sommeille,
Quand le clairon vainqueur à l'aube les réveille,
Sur le sol que leur sang, la nuit, a détrempé ;
Et que c'en est bien fait de l'honneur de la France,
De votre orgueil à vous, de notre délivrance,
Comme du sol natal par Guillaume occupé.

C'est pour les conserver à vos baisers, ô femmes !
Qu'on a de ces héros déshonoré les âmes ;
    Que Sedan a capitulé ;
Que Metz a vu s'ouvrir sa virginale enceinte.

. . . .
. . . .
. . . .
. . . .
. . . .
. . . .
. . . .
. . . .

C'est pour les empêcher de mourir qu'on les livre !
Mais regardez-les donc, souffletés par le givre,

    Cinq jours sans manger, sous le froid,
Qui bien plus sûrement que le canon les tue.
Le schlagueur, dans leurs rangs qu'il décime, se rue.
« Au rang pour l'Allemagne, esclave, et marche droit ! »
Ce n'est pas l'hôpital qui pourra le mieux dire
Comment le prisonnier que l'on entraîne expire.
C'est le chemin tracé désormais à nos yeux
Par ces tombeaux sans noms, où dorment, sans mémoire,
Des hommes que du moins eût exaltés l'Histoire,
S'ils avaient, au grand jour, expiré glorieux.

Les avez-vous revus, ces enfants et ces frères,
Ces fiancés chéris, ces infortunés pères

    Dont les orphelins sont en deuil ?
Quand le rappel battra la revanche obtenue,
Est-il en Allemagne une seule avenue
Qui ne verra s'ouvrir les planches d'un cercueil ?
Est-ce pour les sauver, ceux qui dorment sous terre,
Que Bazaine, trois mois, paralysa la guerre ?
Est-ce pour vous les rendre, et par amour pour vous
Que, sauvant avec lui son état-major sombre,

. . . .
. . . .

Que Bazaine aux enfants de nos morts distribue
Les millions qu'il a ; qu'une main inconnue

    Répande, ... ,
Ce qu'il possède aussi sur ces têtes si chères ;

Et peut-être qu'alors ils feront croire aux mères
Qu'ils ont capitulé par amour du prochain.
Mais, tant qu'aux maux affreux soufferts en Germanie
Par ces milliers d'enfants réduits à l'agonie,
Femmes, vous ne pourrez opposer que le sort
Des maréchaux gorgés jusqu'à la délivrance,
Croirez-vous que l'on ait hier livré la France,
Afin de disputer vos hommes à la mort?

Vos hommes ont été la première monnaie
Du rachat des heureux; la seconde, on la paie,
     Hélas! avec notre sol fier,
Avec les milliards qu'on prend à vos ménages,
Après vous avoir pris les bras et les courages
Dont vous auriez besoin aujourd'hui plus qu'hier.
Mais, pendant qu'au foyer l'orphelin pleure et crie;
Que la mère et la sœur, que la vierge chérie,
Demandent à leur tour du pain sans en avoir,
Bazaine a conservé les lingots du Mexique;
Et, dans les bois touffus de l'Eden britannique,

. . . .

Femmes! Femmes! Qui donc pourrait croire au Dieu jus
Si leur impunité devait rester auguste?
     Si cet état-major dispos
Restait l'état-major que doit suivre la France,
Si nous ne devions pas avoir d'autre espérance
Que celle de pleurer et de tendre le dos?
Heureux seraient alors ceux qui là-bas tombèrent,
Ces prisonniers bénis que vos beaux yeux pleurèrent,

Tant que vous avez eu des larmes pour pleurer ;
Et, jetant vers le ciel, qui semble nous maudire,
Notre sang généreux, nous n'aurions plus qu'à dire :
« La vertu n'est qu'un mot fait pour nous égarer ! »

Mais non ! non ! Chaque ville a revu sur ses places
Des témoins éloquents, ayant au front les traces
       De l'horrible captivité ;
Chaque village sait, par une des victimes,
Quels ont été le but et la cause des crimes ;
Chaque chaumière écoute un soldat irrité.
On ne songe, à leur voix, qu'à presser la revanche ;
Et quand, vers nous, d'en haut, le cynisme se penche,
Croyant ne plus avoir qu'à récolter ses fruits,
La nation, déjà, de nouveau préparée,
Aiguise ses poignards pour la lutte sacrée,
Aux pierres des tombeaux sur nos martyrs construits !

UN AMI DE THÉRÉSA

Qu'importe à la maison altière,
Qui porte le nom de Hapsbourg,
Que la Prusse, déjà si fière,
Ait dicté des lois à Strasbourg!
A Paris, où tout se dénoue,
Avec le même entrain, l'on joue
La pièce qui vous amusa.
De peur qu'un autre ne le triche,
Monsieur l'ambassadeur d'Autriche
Est un ami de Thérésa!

Un jour fut, où, sans déchéance,
François-Joseph pouvait encor
Acquitter la vieille créance
Inscrite à notre livre d'or.
Il suffisait qu'un diplomate
Fît exécuter, à sa date,
Le traité de Villafranca;
Mais bien plus grande fut la niche:

Monsieur l'ambassadeur d'Autriche
Est un ami de Thérésa !

Aux solitudes mexicaines
Un archiduc tombe en héros.
Par des balles républicaines
Un peuple a fait briser ses os.
Pour laver cet affront suprême,
Fait à l'orgueilleux diadème
Dont François-Joseph hérita,
De vigueur il faut être riche.
Monsieur l'ambassadeur d'Autriche
Est un ami de Thérésa !

Quand, lasse d'être provoquée,
La vieille maison dut enfin
Voir pâlir, à l'heure indiquée,
L'astre qui lui doit son déclin,
La France pouvait en victoire
Changer la défaite notoire
Dont le nom reste Sadowa.
Le Sapeur parut sur l'affiche.
Monsieur l'ambassadeur d'Autriche
Est un ami de Thérésa !

Dernière heure aux Césars donnée,
La France a relevé le front.
Sa lèvre, longtemps bâillonnée,
Sourit aux peuples. Ils viendront !
Aux monts fameux de la Hongrie

Tressaille la foule aguerrie
Des Madgyars qu'on armera.
Non! De paix il faut qu'on s'entiche :
Monsieur l'ambassadeur d'Autriche
Est un ami de Thérésa!

Dans la tombe où s'est réveillée
L'héroïque Thérèse-Roi,
Croyant revoir ensoleillée
La couronne chère à sa foi,
Ne dut-elle pas, l'orgueilleuse,
Penser qu'à Paris, glorieuse,
C'est sa mémoire qu'on fêta,
Lorsque, pour en faire un fétiche,
Monsieur l'ambassadeur d'Autriche
Devint l'ami de Thérésa!

LES ARABES

Jusqu'au fond de la Kabylie,
Ce cri de guerre a retenti :
« Debout ! la France nous convie
A prendre pour elle parti !
Quittons nos cimes héroïques
Dont le pied des coursiers puniques
·Réveille les échos antiques,
En frappant notre sol de feu.
Au son des trompettes guerrières,
Embrassons nos compagnes fières ;
Courons au pays des lumières :
Il n'est pas d'autre Dieu que Dieu ! »

Et soudain, comme une avalanche,
Descend dans la plaine d'Alger
Tout ce que la montagne blanche
Offre d'hommes pour nous venger.
Des cités aux minarets jaunes,
Désertant les tours octogones,

6

Les guerriers, comme des cyclones,
Se précipitent à leur tour.
Des nègres sont mêlés aux Maures,
Qui, sur leurs étriers sonores,
Se dressent. Sous les sycomores
S'échangent les adieux d'amour.

Confiants dans nos chefs suprêmes,
Ils se disciplinent déjà,
Effrayant de leurs anathèmes
Les vallons de la Mitidja.
Les uns, en escadrons rapides,
Forment leurs cohortes numides,
Auprès des spahis intrépides
Dont ils revêtent le burnous.
Les autres, bataillons plus sombres,
Verront demain leurs grandes ombres
Se projeter sur les décombres
Qu'il faut laisser derrière nous.

Ils partent, les turcos splendides
Qu'un tambour précède au combat,
Faisant craquer leurs os solides
Sous la chair brune où leur sang bat.
A l'aspect des hordes germaines,
Ils prennent leur part de nos haines,
En faisant sauter hors des gaînes
Leurs damas de sang altérés.
Ils sont certains qu'on va les suivre.
Et qu'au tambour, qui les enivre,

Répondront les clairons de cuivre
De nos soldats aux rangs serrés.

Vainement la foudre allemande
Frappe avant qu'on ne l'ait pu voir :
Dociles à qui les commande,
Et pleins d'un orgueilleux espoir,
Ils volent, laissant dans les plaines,
Et les cadavres par centaines,
Et toutes ces pesantes gênes
Dont on avait chargé leur dos.
Ils ont assez, pour la victoire,
Du court fusil dont leur main noire
Se sert, aux regards de l'Histoire,
Pour trouer la chair jusqu'aux os.

Ils sont arrivés sur les pièces ;
Autour d'eux s'entassent les morts.
Leur Dieu seul connaît les hardiesses
De ces vaillants et de ces forts.
Ils laissent, sans daigner les prendre,
Les canons, que n'ont pu défendre
Ceux que leur rage vient d'étendre
Sur les affûts couverts de sang.
Derrière eux n'ont-ils pas la France,
Qui, soutenant leur espérance,
Pour seconder leur assurance,
Les suit, en les applaudissant ?

Après les canons, ils franchissent

Le triple rang des ennemis,
Qui devant eux soudain fléchissent,
Comme au vent du nord les épis.
Ils ont vu, traversant l'armée,
S'évanouir, dans la fumée,
La garde prussienne, alarmée
Par les coups de ces noirs démons.
Ils sont au cœur de l'Allemagne ;
Et, déjà, la fierté les gagne :
La France, qui les accompagne,
Les verra dormir sur ces monts !

Vain orgueil et vaine espérance !
N'ayant plus d'hommes devant eux,
Croyant voir arriver la France,
Ils détournent enfin les yeux.
Derrière eux l'Allemagne entière
A, comme une immense barrière,
Reformé la masse guerrière
Qui s'est ouverte sous leurs pas.
Ils sont seuls contre cette armée,
Quand leur cohorte décimée
Croyait ouvrir la renommée
Au pays qui n'en voudra pas !

Ils sont tous tombés, les Numides ;
Et, las de les attendre encor,
Leurs parents, comme eux intrépides,
Ont pris contre nous leur essor.
Quand nous les traitons en rebelles,

N'ont-ils pas droit, ces infidèles,
De crier, du haut de leurs selles,
A nos généraux accourus :
« Si vous aviez suivi nos frères,
Nous serions restés sur nos terres,
Sans réclamer à vos colères
Nos héros pour vous disparus.

« Vengez-les où s'ouvrit leur tombe,
En nous précédant cette fois ;
Conviez-nous à l'hécatombe
Que réclame aussi notre voix.
De votre passé soyez dignes ;
Imitant leurs exploits insignes,
Allez au delà de vos lignes,
Chercher nos braves endormis ;
Et vous pourrez, dans nos montagnes
Où pleurent, hélas ! leurs compagnes,
En revenant de vos campagnes
Retrouver encor des amis ! »

INGRATE ITALIE

De la voix à laquelle obéit le tonnerre
Les terribles accents vont retentir soudain ;
Et, docile toujours au maître qu'il vénère,
Voici ce que l'écho répétera demain :
« Le temps n'a pas encor moissonné dix années
Qu'élevant vers les cieux leurs têtes couronnées,
Deux vastes nations jurèrent de s'unir.
L'une était florissante ; et, quand sa main féconde
Pour affirmer un droit s'étendait sur le monde,
L'opprimé se levait du sol pour la bénir ;
Douter de sa puissance aurait été folie.
        Ingrate Italie,
Quand sur la France hier marcha l'envahisseur,
As-tu donc oublié ce qu'avait fait ta sœur ?

« L'autre, clouée alors sur sa croix séculaire,
Voyait son noble sang inonder son beau corps.
Dédaigneux des élans que tentait sa colère,
L'étranger sur son sein multipliait les morts.

Soumise à vingt pouvoirs de sa richesse avides.
Elle avait beau tourner vers Dieu ses yeux humides,
Elle devait compter ses jours par ses revers ;
Sa gorge vainement implorait un air libre ;
Et nul de ses enfants, aux flots bleus de son Tibre,
N'eût de ses défenseurs osé dire les vers.
Elle en était à l'heure où le moribond plie.
        Ingrate Italie,
Quand sur la France hier marcha l'envahisseur,
As-tu donc oublié ce qu'avait fait ta sœur ?

« A peine dans sa main la nation vivante
Eut-elle pris la main de celle qui mourait,
Que l'étranger, saisi d'une folle épouvante,
Lâcha subitement la gorge qu'il serrait.
Comme à la voix de l'homme, après la nuit funeste,
Se dispersent soudain, dans la voûte céleste,
Les corbeaux dont le bec mord les cadavres froids,
Les pouvoirs, dont le joug accablait la mourante.
Hâtèrent en un jour leur fuite humiliante.
La Nation esclave a reconquis ses droits.
Depuis lors, son drapeau librement se déplie.
        Ingrate Italie,
Quand sur la France hier marcha l'envahisseur,
As-tu donc oublié ce qu'avait fait ta sœur ?

« Elle a bravé pour toi tous les autres Empires.
Cent mille de ses fils dorment dans tes sillons.
Ses trésors ont été livrés à des vampires
Pour qu'elle pût t'offrir assez de bataillons.

Quand au sommet des monts tu la vis apparaître,
Quand à son souffle ardent tu te sentis renaître,
Le monde entier comprit ce que tu lui juras.
Elle était le salut ; elle était la victoire ;
Elle ne voulait rien que te rendre ta gloire ;
Tu désirais revivre ; elle t'ouvrait ses bras.
Sont-ce là, réponds-moi, des bienfaits qu'on oublie ?
       Ingrate Italie,
Quand sur la France hier marcha l'envahisseur,
As-tu donc oublié ce qu'avait fait ta sœur ?

« Pour n'éveiller plus tard que ton ingratitude,
Combien lui coûta cher ta résurrection !
Si sa main n'avait pas brisé ta servitude,
Refait de tes lambeaux ta triste nation,
Quel Sadowa jamais eût obligé la France
A compter sur ton cœur et sur ta délivrance,
Alors que nos destins ont paru s'obscurcir ;
Quel vainqueur, profitant dans sa fureur guerrière
Des coups qu'à son rival tu portas par derrière,
A dominer l'Europe aurait pu réussir,
Après l'œuvre de mort par ta faute accomplie ?
       Ingrate Italie,
Quand sur la France hier marcha l'envahisseur,
As-tu donc oublié ce qu'avait fait ta sœur ?

« Indifférente et sourde à ses premiers désastres,
Tu pouvais conjurer les autres en un jour.
Tu n'avais, pour le faire, aux heures où les astres
Projettent sur ton sol les clartés de l'amour,

Qu'à te ressouvenir du temps où, pour ton âme,
Ces astres de tes cieux avaient perdu leur flamme ;
Qu'à consulter ce sol, qui nous a vus mourir,
Pour entendre nos preux couchés dans ses entrailles
Te redire comment, avant leurs funérailles,
Ton serment souriait à leur dernier soupir.
Tu n'as pas su tenir la parole qui lie.
          Ingrate Italie,
Quand sur la France, hier, marcha l'envahisseur,
As-tu donc oublié ce qu'avait fait ta sœur ?

« Tu n'as rien dit, rien fait. Si, pendant que la France
Rappelait aux échos tes vivats d'autrefois ;
Pendant qu'elle voyait s'envoler l'espérance,
Sans entendre plaider pour elle aucune voix ;
Pendant qu'on lui prenait ses villes, que les bombes
Ouvraient et remplissaient en même temps les tombes
Où dort ce qui restait de tes libérateurs,
Tu la chassais du coin de la terre bénite,
Dont ton pied, quel que fût ton désir d'aller vite,
Devait, au moins pour nous, respecter les hauteurs.
Crois-tu que l'intérêt d'un serment nous délie ?
          Ingrate Italie,
Quand sur la France, hier, marcha l'envahisseur,
As-tu donc oublié ce qu'avait fait ta sœur ?

« Tout est fini. Ta croix a remplacé la mienne
Sur les armes de Rome, et la France n'est plus !
Ta fierté s'en remet à la fierté prussienne
Pour fixer à Berlin tes vœux irrésolus.

7

Le silence s'est fait et le remords sommeille...
Non, car ma voix éclate, et ma voix le réveille !
Caïn crut vainement s'y soustraire en fuyant.
Tu l'entendras toujours, jusques aux temps propices
Où la France, ayant pu combler ses précipices,
Soufflera de nouveau dans le cuivre effrayant,
Pour aller elle-même empêcher qu'on l'oublie.
             Ingrate Italie,
Quand sur la France, hier, marcha l'envahisseur,
As-tu donc oublié ce qu'avait fait ta sœur ? »

BAZEILLES

Il est de ces flambeaux, par le crime allumés,
Dont la flamme funeste épouvante le monde.
En vain les temps meilleurs, de la clémence armés,
Forment, pour les éteindre, une ligue féconde.
Ils brûlent, malgré tout, aux yeux de l'univers,
Pour la honte des uns et pour l'honneur des autres ;
Du poëte vengeur ils exaltent les vers ;
Ils troublent du pardon les sublimes apôtres ;
Ils jettent sur l'Histoire une lueur de sang ;
Il condamnent les fils à payer pour les pères ;
Ils brillent dans l'azur, comme un point menaçant
Où l'orage prochain concentre ses colères.
Bazeilles est, hélas ! un de ces flambeaux-là.
L'oubli ne pourra pas l'atteindre de son aile,
Et, sur les Bavarois, toujours il jettera
La sinistre lueur de la honte éternelle !

LES MARÉCHAUX

Portés par les nuages sombres
De Sedan jusques à Borny,
La nuit errent sur nos décombres
Les héros d'un monde fini.
En proie au deuil qui le dégrise,
L'homme à la redingote grise
Regarde expirer sous la bise
Nos régiments, hier si forts.
« Frères, dit-il, dans ces décombres,
Que les larmes de nos yeux sombres,
Pour honorer leurs grandes ombres,
Tombent sur les maréchaux morts.

« J'aperçois, couchés dans la plaine,
Les doigts crispés sur leurs fusils,
Les premiers que la foudre humaine
Dans ses bras de flamme a saisis.
Partis hier de leur village,
Ils sont tombés avec courage,

Affrontant la jalouse rage
Dont nous subissons les transports;
Mais on leur a montré l'exemple :
Ils précèdent la moisson ample,
Aux portes du glorieux temple
Où dorment leurs maréchaux morts.

« Salut, cuirassiers héroïques,
Dont la main semble caresser
Les flancs de ces coursiers épiques
Qu'un même coup dut terrasser !
Ils ont, à leur tour, vu la foudre
Mordre dans leur sein noir de poudre,
Sans qu'aucun ait pu se résoudre
A tenter, pour fuir, des efforts;
Mais comment auraient-ils, ces braves,
Reculé comme des esclaves,
Quand le flot des brûlantes laves
Submergea les maréchaux morts?

« Les lieutenants, les capitaines
Sont tombés avec leurs soldats.
Saluons les têtes hautaines
Des commandants frappés là-bas.
Les colonels, de leur épée,
Montrent la colline escarpée
Où, dans la sublime épopée,
Se sont vingt fois heurtés leurs corps.
Des généraux à mines fières,
Ont expiré dans ces ornières;

N'apercevez-vous pas, Bessières,
Le groupe des maréchaux morts?

« Quoi! pas un?... Quand la France sombre,
Quand le nom que j'avais laissé,
Comme elle, disparaît dans l'ombre
Avec son éclatant passé;
Quand tout ce qu'elle aimait s'écroule,
Quand sur son sol envahi roule
Tout un peuple, et que son sang coule,
Et qu'on emporte ses trésors!
Ces choses-là sont incroyables,
Lannes, et des coups effroyables
Ont dû rendre méconnaissables
Les restes des maréchaux morts!

« Allons plus loin. Il est immense,
Ce champ des trépassés fameux!
Toujours, toujours il recommence :
La France a perdu tous ses preux!
Mais puis-je m'étonner, pour elle,
De ne pas la voir, immortelle,
Des maréchaux qu'ici j'appelle
Couronner de lauriers les corps,
Lorsque manquent à l'hécatombe
Ceux-là dans qui mon nom succombe,
Et qu'en vain, désertant la tombe,
Je viens chercher parmi ces morts! »

FERRIÈRES

Quand il vous plut d'aller rappeler à Ferrières
Aux imposteurs germains leurs paroles premières,
Voici quel fier langage il leur fallait tenir :

« Vous avez hautement déclaré ne venir
Que pour vaincre celui que vous avez su prendre.
Son pouvoir, qu'à Paris les siens pouvaient défendre,
N'a pas à sa fortune un instant survécu.
De leur indignité chacun s'est convaincu.
Mais voici qu'oubliant la parole donnée,
Vous n'en marchez pas moins en avant ; qu'entraînée
Sur vos pas, l'Allemagne envahit notre sol,
Et que votre aigle noire a poursuivi son vol.
Vous n'en voulez donc pas à d'autre qu'à la France.
Alors c'est différent, car, pour sa délivrance,
Elle vient d'affirmer le droit républicain.
Si vous ne reculez devant ce droit, sa main,
Pleine d'éclairs vengeurs, s'ouvrira sur l'Europe.
Afin de dissiper la nuit qui l'enveloppe.

Vous comptez, pour mener à bien votre complot,
Sur l'effroi que la France a, selon vous, d'un mot.
Pour vous anéantir, elle accepte la chose :
Non pas la République hésitante, qui n'ose
S'affirmer tout d'abord, en se débarrassant
Des obstacles créés à son réveil puissant ;
Mais celle dont le corps sous l'insulte se cambre,
Et répond à Brunswick par les jours de septembre,
Prompte à revendiquer, avec les siens, les droits
Des peuples prêts, comme elle, à terrasser les Rois.
Pour que vous soyez bien convaincu que la France,
Accepte désormais la guerre à toute outrance,
Dès demain, dans Paris, nous allons déchaîner
Toutes les passions qui peuvent entraîner ;
Et, s'il le faut enfin, devant vos pas, dissoudre,
Cette société, que vous voulez résoudre
A choisir entre vous et la mort. Le tombeau
N'est pour elle, déjà, qu'un avenir nouveau,
D'où vous la reverrez, bientôt ressuscitée,
Dégager du linceul son épaule irritée,
Pour apparaître, aux yeux du monde transformé,
Plus belle que jamais, et le bras plus armé.
Religion, fortune, amour, lois, tout s'écroule,
Si vous faites un pas de plus ; et, demain, roule,
Au devant du torrent, que vos rois ont gonflé,
Le tourbillon du peuple au salut appelé.
Lorsque j'aurai franchi le seuil de cette salle,
N'attendez plus de nous qu'une guerre fatale,
Sans qu'il vous soit possible un instant, désormais,
D'arrêter, ô germains ! ce que je vous promets. »

Vaincus, nous combattrons, jusqu'à ce qu'on égorge
Le dernier forgeron dans la dernière forge,
Le dernier laboureur dans le dernier sillon,
Le dernier orphelin dans le dernier haillon,
Précipitant assez de vos fils dans la tombe
Pour que de leurs succès l'Allemagne succombe.
Vainqueurs, nous ne voudrons plus traiter avec vous,
Car le tyrannicide est décrété par nous.
Notre main rasera vos villes féodales.
Aux créneaux élevés de vos tours colossales,
Vos Princes et vos Rois flotteront dans les airs;
Et, lorsque les corbeaux auront mangé leurs chairs,
Le soleil, promenant son char sur nos aurores,
Remplira de rayons leurs squelettes sonores,
Pour qu'une fois au moins, de la nuit écarté,
Ce qui restera d'eux ait subi la clarté!
Aujourd'hui, c'est encor la France qui propose
A la Prusse la paix. Demain, si la Prusse ose
Reprendre, malgré nous, sa marche sur Paris,
La France disparaît; et, du sein des débris
Que volontairement sa fureur amoncelle,
La République alors surgit universelle,
Élevant à l'état de dogme le devoir
De vous anéantir avant de se rasseoir.
Canons, fusils, poignards, torches, mines, pétrole,
Tout est bon, tout est grand, tout venge, tout console,
Du moment où cela peut frapper l'un de vous.
Vous nous traitez en chiens; nous vous traitons en loups.
Vos têtes sont à prix. Nous payons à la livre
Tout lambeau d'Allemand ayant cessé de vivre :

Bras, buste, chair enfin de monstre, de vainqueur,
Prêts à payer en or massif le poids d'un cœur !
La femme qui voudra vous frapper sera grande ;
L'enfant qu'on aura vu s'embusquer dans la lande,
Pour tuer à l'affût un de vos officiers,
Sera ceint d'une écharpe et couvert de lauriers.
Vous ne dormirez pas sans qu'on vous incendie ;
Vous ne veillerez pas sans qu'une tragédie
Sinistre, autour de vous n'agite son poignard ;
Vous ne marcherez pas sans que votre étendard
Ne traîne dans le sang ; vous ne ferez pas halte,
Sans qu'à vous assommer la foule ne s'exalte ;
Et sans que notre sol, de nos mains crevassé,
Ne devienne un abîme où vous aurez passé.
Brûlez ! pillez ! volez ! assassinez ! La guerre,
Nous la voulons ainsi, pour l'horreur de la terre,
Afin qu'il ne soit plus possible, après cela,
De tolérer un Roi de la Seine au Volga ;
Afin que Dieu, par vous traité comme un complice,
Paralyse l'effet de ce hideux caprice,
En confondant l'orgueil du vieillard imposteur
Dont la main extermine au nom du Créateur !
C'est notre dernier mot. S'il vous met en furie,
Par ma mort irritez encor plus ma patrie.
Je serai satisfait, quand m'atteindront vos coups,
De pouvoir, en tombant, l'acharner contre vous ! »

Si MonsieurJules Favre eût tenu ce langage
Au superbe Germain, il l'aurait rendu sage ;
Mais il avait plus peur que lui du seul moyen

Que dût alors choisir, pour vaincre, un citoyen ;
Mais il était venu justement pour lui dire
Qu'ils devaient conjurer d'accord ce danger pire ;
Mais son cœur détestait ce qui nous vengera ;
Mais, devant le vautour féodal, il pleura !
Le lendemain, Guillaume, à cheval dès l'aurore,
Vers Bismark souriant se retournait encore,
Lui disant : « Chancelier, tu ne l'as pas compris. »
Et Bismark répondait : « Sire, allez à Paris. »

LA FLOTTE

Ohé! les gens du quart, ohé!
Le grain ne nous cherchant plus noise,
Venez çà, que je vous dégoise
Un conte à s'endormir debout,
Et comment on n'a plus d'atout,
Devant le port de Recouvrance,
Bien qu'on puisse retourner France
Au premier pont de la *Zoé*.
Ohé! les gens du quart, ohé!

Un vieux qu'on nomme Charlemagne
Pleura, dit-on, dans ses châteaux,
De ne pas avoir de vaisseaux
Pour pouvoir entrer en campagne,
Comme sur terre, sur les eaux.
S'il eût eu la *Zoé*, cet homme,
Sacré par le pape de Rome,
Il exterminait les Normands,
    Des garnements,

Devenus plus tard nos grands-pères,
    Par leurs galères.

Ohé! les gens du quart, ohé!

Plus tard, un homme de fortune,
Puisqu'il fut argentier des Rois,
Dut à nos coquilles de noix
D'être le premier sur la hune.
C'était encore un fin matois.
Mais, pour conquérir l'Angleterre,
Il faut, de l'une à l'autre terre,
Avoir de rudes bâtiments.
        Les éléments
Ont de formidables caprices,
        Hein, les novices!

Ohé! les gens du quart, ohé!

Enfin, de Dunkerque à Bayonne,
De Cette aux rochers de Toulon,
C'est une côte tout du long,
Qui dans les flots bleus se festonne,
Dents vertes sur du sable blond,
Car la France est une maîtresse
Que le flot amoureux caresse,
En la provoquant à venir
        Le conquérir.
Nos marins ont toujours fait rage
        Contre l'orage.

Ohé! les gens du quart, ohé!

Ils ont fait aussi, les compères,
Bien du tort à ces chiens d'Anglais,
Dont le sang rougit nos galets,
Quand Dieu combattait pour nos pères.
Ce sont toujours des gueux complets.
Aussi quelles superbes piles
Jean-Bart, à ces corbeaux agiles
Flanqua dans la Manche vingt fois,
      Du temps des Rois,
Si bien qu'un d'eux, pour le principe,
      Bourra sa pipe.

Ohé! les gens du quart, ohé!

Et dans les Indes, donc, les drôles!
Quel règne eut notre pavillon.
Pour le gonfler, le vieux haillon,
Dieu s'appuyait sur les deux pôles!
Ah! mes enfants, quel cotillon!
Bretons, Gascons, gens de Provence,
Payaient alors toujours d'avance,
Les Radjabs les entretenant.
      Un vrai nanan,
De faire danser les roupies
      De ces impies.

Ohé! les gens du quart, ohé!

Dieu s'en mit dans une colère,
Que le vent souffla du malheur.
Tant pis, si les gens du *Vengeur*
N'ont pas eu le don de lui plaire,
C'est qu'au ciel on a mauvais cœur.
Mais non, les amis, bas la chique !
Quand la voix de la République
Monte vers l'auteur de tout ça,
   Il dit : « Voilà
Que mon règne là-bas commence.
   Place à l'immense ! »

Ohé ! les gens du quart, ohé !

Cependant Aboukir m'enrage,
Suivi de près par Trafalgar.
Bah ! quand la déveine est de quart
Il faut bien qu'éclate l'orage :
Le soleil brillera plus tard !
Et puis, pour qui tombe avec gloire,
La mort est encor la victoire ;
Car le vainqueur lui-même dit,
   Pour le hardi,
Des patenôtres, que l'Histoire,
   Garde en mémoire.

Ohé ! les gens du quart, ohé !

Cinquante ans, pour doter la France,
De vaisseaux enfin sans pareils,
Nous avons, sous tous les soleils,

Au mieux donné la préférence.
Une fois, sous des cieux vermeils,
A Navarin, en pleine toile,
Mon aïeul revit notre étoile,
En trépassant comme Nelson,
        Mais sa chanson
Nargua du Pacha les trois queues,
        Durant cinq lieues.

Ohé ! les gens du quart, ohé !

Enfin, dans les eaux du Mexique,
Mon père aussi vit le succès
Revenir au drapeau français ;
Et, pour narguer le britannique,
Qui voulait nous faire un procès,
A la barbe de l'Angleterre,
La *Belle-Poule* est encor fière
D'avoir rendu Napoléon
        Au Panthéon
Qu'ont élevé vos bras solides,
        Vieux invalides.

Ohé! les gens du quart, ohé!

Ce n'était pas assez encore ;
Nous n'étions pas bien préparés.
Nos chantiers, la nuit éclairés,
Recommençaient avec l'aurore.
Sous les ordres des décorés.

A forger l'airain des cuirasses
Dont on recouvrit les carcasses
Des vaisseaux, et les éperons
Pointus ou ronds,
Capables de trouer sous l'onde,
La peau du monde.

Ohé! les gens du quart, ohé!

J'ai lu, dans les feuilles bavardes,
Que Satan lui-même eût eu peur,
Devant nos vaisseaux à vapeur,
Non plus hérissés de bombardes,
Mais de canons, dont un pointeur
Changeait à son gré la portée;
Devant notre flotte, escortée
Par des taureaux d'acier poli,
C'était joli!
Et le poisson, dans cette glace,
Mirait sa face.

Ohé! les gens du quart, ohé!

Aussi, quand on nous cria, guerre!
On fut bienheureux, n'est-ce pas?
C'était partout un branle-bas
Comme on n'en peut voir sur la terre,
Depuis la cale jusqu'aux mâts.
L'Impératrice en fut émue.
Nous allions devancer la nue.

Quand le ministre relança,
          Voyez-vous ça,
L'amiral, qu'il fallut attendre.
          Il vint nous prendre.

Ohé! les gens du quart, ohé!

La vapeur a chauffé bien vite.
Nous avons pointé vers le Nord.
Pour arriver plus vite au port,
Satan soufflait dans la marmite.
Enfin, c'est là... Coquin de sort!
On ne nous a pas donné d'hommes
Pour débarquer; mais nous y sommes;
Et nous irons, en un matin,
          Jusqu'à Berlin,
Pourvu qu'à la côte nous lance
          Son Excellence!

Ohé! les gens du quart, ohé!

Tonnerre! Toujours des bordées.
Nous voyons pourtant des cités.
Aux bombes! Mais non, irrités,
Sur le pont des villes blindées,
Ils pensent aux châteaux quittés.
Ceux qu'on croyait des durs à cuire
N'osent à terre nous conduire.
Les torpilles qui sont dans l'eau,
          C'est du nouveau;

Et la mort est là-bas de garde.
     Qui s'y hasarde?

Ohé! les gens du quart, ohé!

Pas même une prise sortable!
Lorsque Jean-Bart, sans éperon,
Conquit avec un vieux canon
Plus d'un convoi considérable,
C'est qu'il n'avait pas peur, cré nom!
C'est qu'il ne tenait pas, ce père,
A rendre l'enfant à sa mère
Bien portant, mais déshonoré;
     C'est que, paré
Pour la mort, il la trouvait belle,
     La demoiselle!

Ohé! les gens du quart, ohé!

Pendant deux longs mois, sur les vagues,
On nous a fait faire joujou,
On ne nous dira jamais où,
Fouillant le flot avec des dragues,
Sans même y rencontrer un sou.
Et tout cela, pendant qu'en France,
Nos amis, criant délivrance,
Comptant sur nous pour les venger
     De l'étranger,
Couraient mentrer ce qu'on peut *faire,*
     Quand on veut *faire!*

Ohé! les gens du quart, ohé!

Dieu merci, la flotte, réduite
A fouler le plancher des veaux,
A su prouver aux amiraux
Que si l'un d'eux l'avait conduite,
Nous aurions vaincu sur les eaux.
Notre vaillante infanterie
A démonté l'artillerie
De Guillaume, sur les hauteurs;
  Et nos pointeurs
Ont rôti, dans Meudon en flammes,
  Ses oriflammes.

Ohé! les gens du quart, ohé!

C'était un infernal mot d'ordre,
Fait pour enchanter le Germain,
Que la remise au lendemain,
Dont il profitait pour nous mordre.
On nous a désarmé la main.
Pourtant nul de nos mâts encore
Ne balance, aux yeux de l'aurore,
Un long chapelet de pendus,
  Trop bien connus.
N'est-il plus de justice au monde,
  Même sur l'onde?

Ohé! les gens du quart, ohé!

Après tout, la flotte nous reste ;
On trouvera des amiraux ;
On fondra, dans les arsenaux,
La foudre ; et l'ouragan céleste
Gonflera demain nos drapeaux.
Entraînés par la République,
A cette côte germanique,
Nous irons dire un petit mot,
          Bientôt ! bientôt !
Dieu la verra flamber du pôle,
          Comme une tôle !

Ohé ! les gens du quart, ohé !
Le grain ne nous cherchant plus noise,
Venez çà, que je vous dégoise,
Un conte à s'endormir debout ;
Et comment on n'a plus d'atout,
Devant le port de Recouvrance,
Bien qu'on puisse retourner France,
Au premier pont de la *Zoé*.
Ohé ! les gens du quart, ohé !

ON DIT

On dit qu'au fond boisé de la vieille Angleterre
La proscrite, un moment, sortit de son mystère,
Pour répondre à l'appel du triste ambitieux ;
Que l'enfant fut promis aux flots capricieux ;
Que l'on allait partir, enfin, lorsque, de l'ombre,
L'Impératrice vit se détacher une ombre,
Dont la face était pâle et le regard flétri,
Dont la lèvre fiévreuse appelait son mari,
Dont la main s'étendait vers son ancienne idole ;
Et qu'en l'apercevant, elle dit : « C'est la folle ! »
C'était elle, en effet, qui, du doigt, lui montra
Chapultepec en fête, et qui lui rappela
Ce que faisait, de ceux dont il devenait l'hôte,
Le maréchal dans Metz enfermé par sa faute ;
Comment il défendait les enfants confiés
A sa garde, et les gens à ses plans ralliés.
L'Impératrice alors, d'épouvante saisie,

Comprit toute l'horreur de cette apostasie;
Et dit, en entourant le Prince de ses bras:
« Charlotte avait raison, nous ne partirons pas! »

.   .   .   .

.   .   .   .

LA MARGUERITE

Sur sa pelouse favorite,
Une Allemande aux yeux d'azur,
Interroge une marguerite,
Discret écho de son cœur pur.
Mais, par un étrange miracle,
Au lieu de répondre en oracle,
Chaque pétale de la fleur
Jette, en s'effeuillant, une plainte
A l'enfant, dont la lèvre éteinte
Se couvre bientôt de pâleur.

« Il m'aime! » — « S'il m'aimait, sa lèvre
Aurait respecté mes quinze ans,
Qu'il fût, ou non, plein de la fièvre
Dont frémissent les combattants;
Mais, installé par la victoire
Dans notre retraite, la gloire
A détourné de lui les yeux,
Quand il osa, dans son ivresse.

Pour me flétrir d'une caresse,
Ternir l'honneur de ses aïeux. »

« Un peu ! » — « J'étais avec ma mère.
Il s'était dit noble en entrant.
Devais-je craindre sa colère,
Quand mon frère était là, mourant ?
Le soldat qui porte une épée
N'a-t-il donc plus l'âme trempée
Comme l'acier dont il se sert ?
Je pleurais. Sa main déloyale,
Froissant ma guimpe virginale,
Outragea mon corsage ouvert. »

« Beaucoup ! » — « Vierge, c'est un mensonge,
Puisqu'en ton nom, je l'implorais,
Croyant, dans cet horrible songe,
Qu'à ma prière tu viendrais.
Le mourant râlait dans l'alcôve ;
Ma mère brisait son front chauve
Sur les meubles ensanglantés.
Il m'attira sur sa poitrine,
Devant une image divine,
Sourde à mes cris épouvantés. »

« Passionnément ! » — « Sois son juge !
Comme il m'empêchait, d'une main,
De trouver un dernier refuge
Dans le sommeil sans lendemain,
De l'autre, ainsi qu'un mercenaire,

10

Il frappait la sexagénaire
Qui cherchait à le déchirer,
Et mon frère, qui, dans sa rage,
Avait retrouvé du courage
Pour tenter de me délivrer ! »

« Pas du tout ! » — « C'est vrai ! la fleur blanche
Ne t'a pas menti, cette fois.
Sous les coups, ma mère se penche,
N'ayant plus ni souffle, ni voix ;
Mon frère, en m'appelant expire ;
Je vois tomber, ô douleur pire !
Mes derniers voiles dans leur sang.
Le vainqueur chante et me possède...
A moi, jeune fille ! à mon aide ! »
— Encore une morte en passant !

Ainsi répond la marguerite ;
Et, dénouant ses cheveux blonds,
De sa pelouse favorite,
L'enfant court vers les flots profonds.
La mort la prend à la folie,
Ainsi qu'elle a fait d'Ophélie.
Le fleuve entend ses derniers cris,
Alors qu'ignorant son délire
Celui qu'elle aimait peut écrire :
« Nous allons entrer dans Paris ! »

LES FRANCS-TIREURS

Le franc-tireur est le bohême
Du chassepot et du canon.
Fidèle à la poudre qu'il aime,
Elle est seule à savoir son nom.
Il doit au ruisseau son baptême,
S'il n'est né comme un d'Epernon.

Il n'a vécu que par la France,
Et pour la France jusqu'ici.
La victoire est son espérance;
La mort est son moindre souci.
Qu'elle apporte la délivrance,
Et sa voix lui dira : Merci!

Si, dès nos premières défaites,
La Germanie, ô francs-tireurs!
Avait entendu vos trompettes
Sonner sur toutes les hauteurs,

C'est au bout de vos baïonnettes
Qu'elle eût retrouvé nos vainqueurs.

Mais, quand la France décimée
Doit sa perte à des chefs maudits,
L'état-major de son armée
Déteste ces hommes hardis :
Pour les soldats sans renommée
Tous les héros sont des bandits !

Mais, quand devrait, comme un cratère,
Le sol envahi s'entr'ouvrir,
Du Germain, craignant la colère,
On n'ose pas les accueillir ;
Plus d'un lâche propriétaire
Crie aux poltrons de les trahir.

Les Allemands, tueurs de femmes,
Massacreurs de vieux et d'enfants,
Dont on voit des ruisseaux de flammes
Précéder les pas triomphants,
Traquent, comme des loups infâmes,
Nos sublimes indépendants.

O France ! que n'es-tu l'Espagne ?
En moins d'un mois, dans tes buissons,
Au flanc de ta moindre montagne,
Dans tes guérets et tes moissons,
Chacun entrerait en campagne,
Avec des faulx et des bâtons.

Le sol mérite d'être esclave
Dont les enfants dégénérés
Refusent de vider leur cave
Pour les combattants altérés,
Et qui, sans souci qu'on les brave,
Chassent les défenseurs sacrés.

Ainsi donc, ô honte! ô misères!
Ils ont à lutter à la fois
Contre l'engeance des vipères
Que réchauffe le sein des Rois :
La peur, l'envie et les colères
Des tristes fabricants de lois.

De quel droit osez-vous vous plaindre,
Quand, jusque dans votre lit chaud,
L'Allemand ivre veut étreindre
L'épouse en larmes qu'il lui faut,
Vous qui n'auriez eu rien à craindre,
Si votre cœur battait plus haut.

Votre argent, après votre fille ;
Et, quand l'argent aura passé,
La terre. Il a raison, s'il pille,
Celui qui, s'étant élancé,
Peut outrager votre famille,
Sans que vous l'ayez terrassé.

Soyez esclaves, jusqu'à l'heure
Où, n'eussiez-vous plus que des dents,

Vous tuerez, dans votre demeure,
Les envahisseurs imprudents,
Qui, lorsque notre pays pleure,
Vous raillent de leurs yeux ardents.

Soyez esclaves, jusqu'à l'aube
Où, pour sonner le fier tocsin,
L'enfant de chœur mettra son aube,
Réalisant le grand dessein
Qui, de Mulhouse à Bar-sur-Aube,
Fait déjà battre votre sein.

Alors, dans chacun des villages
Où le Germain grilla les os
De ceux qu'il abreuva d'outrages,
Tous les survivants des héros
Devenus chers à nos courages
Rentreront le sac sur le dos.

Ce sera le jour de la chasse
Aux loups germains dans tous nos bois;
Le jour où les champs de l'espace,
Remplis de flammes et d'abois,
Verront Dieu détourner sa face
Et des Empereurs et des Rois!

LE CHANT DES VAINQUEURS

Tendez vos coupes transparentes,
Vainqueurs des Gaulois et des Francs ;
C'est le défi des conquérants
Aux nations indifférentes.
Tendez vos coupes, car le vin
Est fait pour le gosier des braves.
Tous les peuples sont nos esclaves :
L'axe du monde est à Berlin !

Que parle-t-on de l'Allemagne ?
Elle est un prétexte pour nous.
La franchise naît du champagne :
La Prusse a seule un droit sur vous.
C'est elle qui règne et gouverne,
C'est son monarque qui décerne
Et les lauriers et les faveurs :
Bade, la Saxe, la Bavière,
Font vers lui monter leur prière ;
Il est le vainqueur des vainqueurs !

Que nous importe la Russie ?
Son Czar fait ce que nous voulons,
Des confins de la Circassie,
A la terre des Jagellons.
Si son successeur nous offense,
Nous ferons en sorte qu'il pense
Au sort de ses plus fiers aïeux ;
Et, s'il doit au tombeau descendre,
Comme Paul ou comme Alexandre,
Ses courtisans n'auront pas d'yeux.

La Turquie est une vassale
Que nous tenons par vingt côtés,
Les pieds sur sa tête vénale,
La main sur ses Principautés.
Que Stamboul un instant nous gêne,
Nous lui forgerons une chaîne
Avec l'or de ses minarets.
Il nous reste encore sous la table
Quelque Prince assez présentable
Pour lui transmettre nos décrets.

Quant à l'Autriche humiliée
Par le soufflet de Sadowa,
On sait, sous sa honte pliée,
A quel dénoûment elle va.
Notre robuste main émiette
L'amas de pays sans assiette
Dont elle se compose encor ;

Ses ministres sont à nos gages ;
Et son Prince est un de ces sages
Qui se soumettent au plus fort.

Demain, nous aurons la Hollande,
D'où l'on peut menacer Anvers.
Il faudra bien qu'on nous le rende
Pour que notre flotte ait les mers.
Une fois la côte asservie,
Pour plaire à la Scandinavie
Qui nous subit docilement,
Nous lui donnerons ce qui reste
Du Danemark, État funeste
Que Dieu voue au démembrement.

La Belgique rêve à la France ;
Et l'homme que nous avons pris
N'a plus qu'en nous seuls d'espérance
Pour dormir bientôt à Paris.
Or, puisque la France hautaine
Croit toujours sa défaite vaine,
Nous lui ferons dicter nos lois.
Par ces héros de contrebande
Dont nous allons lâcher la bande
Sur cette orgueilleuse aux abois !

Les Anglais nous feront la mine ?
Qu'importent les Anglais jaloux !
La Prusse à Saint-James domine ;
Et leurs trésors seront à nous,

Le jour où, sur un signe d'elle,
Leur Reine, à nos Princes fidèle,
Nous dira d'armer votre main
Contre ces pirates sans âme
Qui n'ont pas au cœur d'autre flamme
Que la flamme avide du gain.

L'Italie est la feudataire
De Guillaume, le roi des rois ;
Soit pour parler, soit pour se taire,
Sa voix consulte notre voix.
Nous n'avons eu qu'à faire un signe,
Pour rende l'Espagnol indigne
De ses Cid et de ses Guzman,
Pour qu'il mît la France trompée
A la pointe de notre épée,
Et rît de son égorgement.

Personne pour nous n'est à craindre.
Il n'est jusqu'aux Etats-Unis
Que nos bras ne puissent étreindre,
S'ils se montrent nos ennemis.
Leurs citoyens sont nés nos frères ;
La République aux cités fières
Par eux doit recevoir nos lois ;
Et, quand nous le voulons, la Chine
Sur son territoire extermine
Les étrangers à notre voix.

Nous sommes donc les Rois du Monde.

Buvons à cette Royauté ;
Buvons, pour la rendre féconde,
Ce vin qu'on nous a disputé.
Le jour où les nations folles,
Prenant nos canons pour idoles,
Nous ont livré le peuple franc,
Il n'a plus existé sur terre
Qu'un seul droit : le droit militaire,
Appliqué par le conquérant !

Tendez vos coupes transparentes,
Vainqueurs des Gaulois et des Francs ;
C'est le défi des conquérants
Aux nations indifférentes.
Tendez vos coupes, car le vin
Est fait pour le gosier des braves.
Tous les peuples sont nos esclaves :
L'axe du monde est à Berlin !

A OUTRANCE

Une
Lune
D'or,
Ronde,
Blonde,
Sort.
L'ombre
Sombre
Fuit.
Quelle
Belle
Nuit!

Qui vive!
Arrive,
Espoir.
Repose :
On l'ose
Ce soir,

Étoile,
Sans voile,
Souris.
Le rêve
S'achève
Surpris.

Au ciel vaste,
Lueur chaste
De l'amour,
Dans l'espace,
Suis la trace
Que le jour,
Sur ses ailes
Immortelles,
Parcourut :
Sous leurs voiles,
Les étoiles
Ont un but !

Lorsque Diane
Bat la diane
A l'horizon ;
Qu'éblouissante
L'aube naissante
Fuit sa prison,
Le camp se lève,
Sortant du rêve
Déjà lointain ;
Et les trompettes

Sonnent coquettes
L'air du matin.

Les chevaux hennissent,
Les hommes bondissent
Au champ du clairon,
Que le capitaine,
A la voix hautaine,
Couvre d'un juron ;
Tandis que, plus grave,
Pour devenir brave,
Le conscrit, tout bas,
Redit la prière
De la pauvre mère
Qui pleure là-bas.

Debout, marée humaine !
La main qui vous entraîne
A donné le signal.
On a plié les tentes ;
Les armes éclatantes,
Le bronze triomphal,
Comme au matin des fêtes,
Brillent parmi les têtes
Que le soleil naissant,
De sa clarté divine,
Pour la gloire illumine,
Et caresse en passant.

Mangez, buvez, jeunes hommes,

En vous disant : « Nous en sommes
Peut-être au dernier repas.
De la France, gais pupilles,
Chantons, comme aux Thermopyles
A chanté Léonidas.
Qui sait si ce soir la lune
Reverra dans la nuit brune
Nos fronts si fiers d'être ici,
Mais que la mort, devant elle,
A, de son œil sans prunelle,
Comptés pour la tombe aussi ! »

C'est le tambour, c'est la fanfare !
En marche, amis, sus au barbare !
Le Chant du Départ n'a-t-il plus
Cette éloquence magnifique
Que la première République
Improvisait pour ses élus ?
La Marseillaise est-elle éteinte ?
A-t-on tari la source sainte
Où le poëte menaçant
Recueillait la flamme inspirée
Que, pour vaincre, sa voix sacrée
Faisait passer dans notre sang ?

Non ! non ! c'est toujours la même France ;
Les mêmes soldats. La délivrance
Est certaine alors. Nos fiers enfants
Sauront l'obtenir ; et faire ensuite
Aux Prussiens maudits une conduite

Dont se souviendront ces triomphants.
Les faulx aideront les mitrailleuses;
Les femmes voudront briser, joyeuses,
Les crânes épais des Allemands;
Les enfants suivront avec des pierres;
Les chiens planteront leurs dents guerrières
Dans le dos schlagué des garnements.

Quelle ardeur partout! Quelle ivresse folle!
Le fleuve lui-même a pris la parole;
La Loire a parlé du fond de ses eaux;
Le nombre, le cœur, la force, la haine,
Tout s'est réuni pour briser la chaîne,
Que dans leur orgueil forgent nos rivaux.
Tout!... Seul, l'intérêt hésite et s'arrête
Voici les soldats. Où donc est la tête,
Où donc est l'épée, où donc est l'argent?
La tête à Cassel sommeille tranquille;
L'épée est absente; et le juif habile
Refuse son or au péril urgent.

Qui dirigera nos soldats héroïques,
Quand les maréchaux s'en sont allés, cyniques,
S'asseoir au foyer du funeste vainqueur;
Et quand on n'a pas rayé leurs noms des cadres,
En attendant mieux? Pourquoi permettre aux ladres
De garder leurs biens, sans découvrir leur cœur?
Pendant une crise, à ce point-là terrible,
Il faut que chacun se risque dans l'horrible,
Soit avec son or, ou soit avec son sang :

Qu'on livre au bourreau, sans hésiter, le traître ;
Qu'on donne au valet la fortune du maître,
Si le valet sert quand le maître est absent.

Hélas ! Gambetta seul est debout sur la cîme,
Sans autre autorité que sa foi. Dans l'abîme,
Il plonge en vain le bras pour sauver son pays.
En vain, multipliant sa force par son âme,
Il arme d'un côté les soldats qu'il enflamme.
De l'autre, ses efforts sont à l'instant trahis.
« Cet homme-là n'est pas désigné par la France ! »
Disent les négateurs de sa fière espérance,
Quand ils tremblent de peur, eux qu'elle désigna,
Au lieu de le bénir d'avoir osé paraître
Au gouvernail détruit qu'abandonna leur maître,
Et dont le seul effroi soudain les éloigna !

La paix ! Oui, la paix ! Au prix de deux provinces !
L'Empire est tombé pour faire place aux Princes,
Non pour que le peuple hérite du pouvoir.
Le seul ennemi que ces gens aient à craindre,
Ce n'est pas celui qui prétend nous contraindre
A livrer le sol avec tout notre avoir.
Leur seul ennemi, c'est l'ouvrier des villes,
C'est la Liberté démasquant les serviles,
Le patriotisme affranchissant de l'or,
Le peuple en un mot, que leur fureur accuse
De prostituer la force, dont il n'use
Que pour les défendre et les servir encor.

Tous les généraux que créa l'Empire,
Quand il faut marcher se prennent à rire
De ce dictateur vraiment criminel,
Qui n'a pas osé les croire capables
De prêter la main aux plans détestables
De leurs maréchaux partis pour Cassel.
Les grands pourvoyeurs désertent la France ;
La Banque prétend que la délivrance
Se nomme Guillaume, et non Gambetta.
Où le Paysan veut prendre les armes,
Le bourgeois s'enfuit ou répand des larmes ;
On craint de mourir, dès que l'on douta !

Nos fiers bataillons de volontaires
Sont alors traités en mercenaires.
Le pain de la table a disparu.
L'ennemi verra s'ouvrir les granges
Que les métayers à nos phalanges
Ont osé fermer d'un ton bourru.
L'intérêt sordide affole et tue
Jusqu'à ton honneur, France abattue,
Jusques à toi-même, ô mon pays !
Car, toi terrassé, de leur richesses
Que restera-t-il ? Rien : nos détresses
Rappelant en vain nos droits trahis.

Découragés, malgré leur rage,
Ces bataillons que l'on outrage,
N'en tombent pas moins sous le feu
Soldats, lieutenants, capitaines,

Bravo ! bravo ! vaillantes haines
Qu'anime le souffle de Dieu.
Lorsqu'à vous perdre tout conspire,
Quand l'égoïsme de l'Empire
Et celui de la Royauté
Combattent pour nos adversaires,
Vous voulez périr en corsaires,
Sur les flots de la Liberté !

C'est dit, la lutte commence.
Comme une foule en démence,
A l'est, au nord, au couchant,
Trois héroïques armées,
De tous nos débris formées,
Entonnent leur dernier chant.
Le fer pourra les dissoudre,
On les verra dans la poudre
Peut-être s'évanouir,
Mais, du moins, aucune d'elles,
A l'abri des citadelles
N'ira jeûner et dormir.

L'automne a fui. La neige
Tombe. Rien ne protége
Les héros condamnés.
Sur les champs de bataille,
Frappés par la mitraille,
Ces sublimes damnés,
Sans soins, sans nourriture.
Subissent la torture,

En échange du sang
Qu'ils versent pour la France.
Dieu seul voit leur souffrance :
Dieu seul, qui la consent !

Aux feuilles jaunies
Combien d'agonies
Ont dit leur secret !
Quand, des chairs trouées,
Sur le sol clouées,
L'âme disparaît,
Vers quelle justice,
Plus réparatrice
Que celle d'en bas,
Peut ouvrir son aile,
Cette âme immortelle
Qui nous fuit, hélas?

La nappe blanche,
Champ, mort, et branche,
A tout couvert.
La grise nue
Dans l'étendue
Au loin se perd.
De place en place
Ronge et croasse
Le noir corbeau
Dieu vient de faire
Un seul suaire,
Un seul tombeau !

Dans l'espace
Un bruit passe
Cependant :
Un bruit d'aile,
Qui révèle,
Imprudent,
Que les mères,
En prières,
Croient encor.
C'est leur âme
Qui réclame
Son trésor

Le rêve
Se lève
Pour toi,
Amie
Chérie.
Eh quoi !
La joie
Te noie ?
L'espoir
T'a vue ?
Il tue
Ce soir !

Pense,
France :
Lois,
Hommes,

Sommes,
Rois,
Armes,
Charmes,
Feu,
Passent,
Lassent,
Dieu!

LES BRETONS

« Les ennemis du Dieu vivant
Ont insulté notre oriflamme.
Debout les gars ! Par Notre-Dame !
La Patrie appelle : en avant !

« Notre Roi n'est pas là, pour marcher à la tête
Des bataillons levés par ses sujets féaux.
    Qu'importe qu'il manque à la fête,
    Du moment où, sous nos drapeaux,
C'est en pensant à lui que la Bretagne est prête
Le Pays avant tout ! Pour qu'il soit délivré,
Henri nous a crié : Debout, terre chérie !
    Arme du fer ton bras sacré :
    La Royauté, c'est la Patrie !

« Les ennemis du Dieu vivant
Ont insulté notre oriflamme.
Debout, les gars ! Par Notre-Dame !
La Patrie appelle : en avant !

« Nos prêtres ont pleuré sur l'Église trahie
Et par l'homme qui tombe et par ses successeurs ;
    Mais, quand la France est envahie,
    Ce n'est qu'à ses envahisseurs
Qu'il faut jeter soudain les versets d'Isaïe.
Que Castelfidardo s'efface des esprits,
Pour y laisser grandir notre unique espérance.
    Mourons, nous qu'on avait proscrits :
    La Religion, c'est la France !

    « Les ennemis du Dieu vivant,
    Ont insulté notre oriflamme.
    Debout les gars ! Par Notre-Dame !
    La Patrie appelle : en avant !

« Nos femmes ont rougi, bien des fois, à la vue
Des scandales fameux qu'ont étalés nos temps.
    La catastrophe était prévue ;
    Mais, quand les clairons éclatants
Des vengeurs du pays annoncent la revue,
Nos frères sont restés nos frères malgré tout.
Défendons-les d'abord. Que notre voix leur crie :
    Nous accourons, restez debout :
    La famille, c'est la Patrie !

    « Les ennemis du Dieu vivant
    Ont insulté notre oriflamme
    Debout les gars ! Par Notre-Dame !
    La Patrie appelle : en avant !

« Quand on aura fauché notre élite vaillante,
Pour nous récompenser, on nous outragera.
    La République, défaillante
Aujourd'hui, tôt ou tard nous persécutera,
    Quand nous l'aurons faite brillante.
Qu'importe, si, du Nord au Sud, le sol français
Entend ses fils chanter l'hymne de délivrance.
    Rome aux Thébains dut un succès ;
    Notre Rome, à nous, c'est la France !

    « Les ennemis   Dieu vivant
    Ont insulté notre oriflamme.
    Debout les gars ! Par Notre-Dame !
    La Patrie appelle : en avant !

« Nous sommes réunis ; mais vainement notre âme
Cherche la croix du prêtre et le drapeau du Roi.
    Hélas ! il n'est plus d'oriflamme.
    Autour du signe de la foi.
Est-ce au moment du feu qu'il faut qu'on la réclame ?
Non ! Les morts à venger ont, sous les trois couleurs,
Combattu bravement. Partageons leur furie :
    Quand on vient outrager nos sœurs,
    Notre drapeau, c'est la Patrie !

    « Les ennemis du Dieu vivant
    Ont insulté notre oriflamme.
    Debout les gars ! Par Notre-Dame !
    La Patrie appelle : en avant ! »

13

Et, de chaque chaumière, à l'appel héroïque,
Les Bretons sont partis, pour défendre le sol,
    Chantant, sur la route, un cantique,
    Ayant le scapulaire au col.
Leur sang a baptisé la jeune République.
Les ayant vus mourir, elle aura, dans sa loi,
Le respect de leur culte et de leur espérance ;
    Car, c'est en affirmant leur foi
    Qu'ils se sont battus pour la France !

LE DEUX MAI

Un poëte espagnol a chanté le deux Mai
Dans des vers que je vais essayer de traduire.
    Grand peuple que toujours j'aimai,
      Ton exemple eût dû nous instruire !
Si nous avions plongé, dans le cou des Prussiens,
Les poignards que tes fils ont plongés dans le nôtre
Et comblé d'Allemands tous les puits parisiens,
    Notre présent serait tout autre :

« — Lève-toi, Jean. »

        « — Que me veux-tu ?
Notre enfant viendrait-il au monde ?
Je ne le croyais attendu
Que dans un mois. Dieu nous seconde !
Si tu dois accoucher ce soir,
Il vaut mieux en finir, du reste,
Plus tôt que plus tard ; et savoir..... »

« — Ce n'est pas cela. Mets ta veste.

« — Est-ce le feu? L'homme au loyer?
Que l'on revienne après la guerre. »

« — C'est le Français qu'il faut payer,
Et non pas le propriétaire. »

« — Quel Français? Le barbier du coin,
Ou bien le professeur de danse? »

« — Non, c'en est un venu de loin.
Monsieur Joseph, m'a dit Prudence :
Le frère de Napoléon,
Qui poursuit la folle chimère
D'être comme le Gédéon
Des Espagnols! »

             « — Qu'à sa grand'mère
Il aille conter ça, s'il veut. »

« — Oui; mais ses gens sont sur la place.
Murat nous sabre tant qu'il peut.
Au palais, au faubourg, on chasse,
A coups de fusil, les enfants
Du peuple qui fait résistance.
On dit les Français triomphants.
Que Dieu les voue à la potence! »

« — Et nos soldats, où donc sont-ils ? »

« — Tous retranchés dans la caserne. »

« — Et la foule ? »

     « — Elle a des fusils.

« — Alors... »

     « — Que fais-tu ? L'on nous cerne. »

« — Je fais ce que tous font déjà. »

« — Tu vois ; c'est une boucherie. »

« — Je vois, quand l'étranger est là,
Qu'il faut défendre la patrie ! »

« — Mais si tu meurs ? »

     « — Comme Espagnol,
J'aurai rempli mon devoir, femme. »

« — Et les enfants ? »

     « — Libre le sol,
Dieu les assistera. »

« — Chère âme,
Ne sors pas. »

« — Allons, sèche-toi
Les yeux. Tu me connais; je t'aime;
Et, si tu pleures, sur ma foi,
Je reste. Alors, juge toi-même.
Si je manque au devoir, demain
C'est mon vieil honneur qui succombe.
Adieu. »

« — Mon cœur se fend. Ta main?
Va te battre; et, s'il le faut, tombe! »

« — Femme, que Dieu soit avec toi!

« —Fasse Dieu que tu nous reviennes!

« — Ah! mère, pour Dieu laissez-moi. »

« — Quelles fureurs sont donc les tiennes? »

« — J'en veux aux généraux français
Qui font mitrailler par la ville,
Le peuple, qu'avant leurs excès
Flattait leur amitié servile.
Enfant, femme, fille, vieillard,

Tout tombe sous les baïonnettes.
Ils ont cru trouver par hasard
Des moutons à Madrid. Les bêtes !
Et voyant qu'il se sont trompés,
Ils en ont eu tant de colère,
Que les voilà tous occupés
A se venger du populaire.
Ils n'ont, dans leur infâme orgueil,
D'autre bonheur que le massacre,
Eh bien, tant mieux ! Dans notre deuil,
Voyons la cause que Dieu sacre ;
Voyons qui, de l'usurpateur
Ou du peuple loyal et brave,
L'emportera : l'homme de cœur
Succombe avant que d'être esclave ! »

« — Pauvre enfant, demeure en ce lieu,
Car, s'ils ont sur nous la victoire... »

« — Non, mère. Qui défend son Dieu,
Son pays, ses biens et sa gloire,
Sa famille, sa liberté,
Dispose d'une force double.

. . . .
Mère, voyez... »

   « — Dieu de bonté !
Ils vont frapper. Mon cœur se trouble. »

« — Oui, frapper ce vieillard, maman,

Car ils font le mal pour le faire.
Si c'est là, Dieu du ciel, comment
Napoléon croit qu'on acquière
La gloire, il devrait en rougir.
Ma mère, laissez-moi, de grâce. »

« — C'est bien, mon fils, tu peux sortir ;
Mais pas seul. Devant toi je passe.
Je vais te montrer le chemin ;
Et, si quelque Français te touche,
Je l'étranglerai de ma main. »

« — Mère, ces mots dans votre bouche
Sont de trop. Seul je veux partir. »

« — Tous deux ou rien !

       « — Eh bien, ma mère,
Venez donc avec moi mourir ;
Et que l'Espagne reste fière ! »

« — Il faut que nous nous préparions
Au supplice, vient-on de dire ? »

« — Je suis prêt déjà. »

       « — Nous l'étions
Dès qu'à Madrid parut l'Empire. »

« — Ah ! ma femme ! Ah ! mes trois enfants !
Elle allait encore être mère.
Lorsque nos drapeaux triomphants
Flotteront sur notre poussière,
La Patrie aura-t-elle au cœur
L'amour des orphelins qu'on laisse ? »

« — N'en doutons pas. Madrid vainqueur
Les couvrira de sa tendresse. »

« — Que la mort soit prompte pour moi,
Qui les vis t'égorger, ma mère,
Sans, hélas ! recevoir de toi
Une caresse : la dernière ! »

« — Quoi ! Vous, madame, également,
Condamnée à mort ? »

     « — Que m'importe ?
Lorsque mon mari vaillamment
Tomba, devant moi, sous la porte,
Qu'il voulait, avec Daoiz,
Contre nos oppresseurs défendre ;
Lorsqu'après mon mari, mon fils
Est mort aussi, lui, sans se rendre !
Si mes yeux sont secs, voyez-vous,
Malgré mon atroce souffrance,
C'est qu'en mourant avec vous tous,
De les revoir j'ai l'espérance.
Ne le dites pas aux Français !

Car, pour me priver de ma joie,
Ils n'auraient qu'à vouloir exprès
A la mort disputer sa proie.
Mon sein attend leur plomb cruel,
Comme jadis mes fleurs de noce. »

« — Vous aussi, prêtre de l'autel,
Vous attendez le coup féroce? »

« — Oui, mes enfants. La liberté
N'est-elle pas de Dieu la fille?
On la menaçait; j'ai lutté,
Puisque je suis de la famille.
Je vais donc pouvoir vous bénir
Sur le dernier champ de bataille,
Et vous montrer à bien mourir
Pour un pays à votre taille.
Tombons joyeux, fils de Madrid!
De nos frères soyons l'exemple,
Pour que les descendants du Cid
Fassent de la Patrie un temple,
Et que, tant qu'un étranger vil
Osera fouler notre terre,
L'enfant lui-même ait un fusil
Pour combattre auprès son père.
Vous serez tous courageux? »

                 « — Oui! »

« — Dieu vous bénit; Dieu vous couronne.

Au martyr qui succombe ainsi
La gloire immortelle se donne,
Tandis que la honte déjà,
Sur le front du tyran qui tue,
Avec le sang pur qu'il versa
Écrit la sentence attendue ! »

A AUGUSTA

Gloire à Dieu ! nous avons du sang jusques au ventre.
Notre fils en versa le tiers à lui tout seul ;
J'ai répandu le reste, et tapissé mon antre
De Versailles avec un immense linceul.
La France dévastée à nos regards flamboie.
Nous bombardons Paris. Le ciel me tient en joie.
     Frédérick, qu'au sud on envoie,
Pour marcher en avant, hier m'a dit adieu.
Le progrès est maté pour des siècles encore.
Vous pouvez, Augusta, dire que l'on décore
Le fronton du palais, à la prochaine aurore.
     Je suis bien portant. Gloire à Dieu !

Gloire à Dieu ! Ce matin, après une parade,
J'ai mis plusieurs objets en réserve pour vous.
Ce peuple de voleurs a l'accueil si maussade,
Qu'on ne peut, malgré soi, pour lui se montrer doux.
Cependant je voudrais lui laisser quelque chose.
La pendule d'émail dont pour vous je dispose,

Sur son socle de marbre rose,
Fera très-bon effet dans votre boudoir bleu.
— A propos, désirant qu'ici l'on vous bénisse,
J'ai remis cinq thalers aux mains d'une nourrice
Qui les a refusés. J'ai dit qu'on la punisse,
    En pensant à vous. Gloire à Dieu !

Gloire à Dieu ! si nos morts sont nombreux, je vous jure
Que le sort des blessés préoccupe mon cœur.
La Bavière et la Saxe, ont, à ce qu'on m'assure,
Le désir empressé d'imposer au vainqueur
Les pénibles devoirs qu'a remplis Charlemagne.
Si je ne vous avais, Augusta, pour compagne,
    Je maudirais cette campagne,
Et la pourpre, qu'il faut que j'accepte au saint lieu ;
Mais vos vertus ont droit à cette pourpre atteinte.
Dans le sang du vaincu si nos soldats l'ont teinte,
C'est qu'en priant pour eux vous écartiez la crainte
    De leurs cœurs vaillants. Gloire à Dieu !

Gloire à Dieu ! Si déjà nos créanciers cupides
Voulaient, en mon absence, exiger un peu d'or,
Dites-leur que bientôt nos coffres, hier vides,
Auront d'un peuple impie absorbé le trésor.
Faites même envoyer, de Cassel, à notre hôte,
Un cuisinier de plus. Il a payé sa faute
    Assez cher. . . . .

. . . .
Mais, quand vous écrirez à notre sœur Victoire,
Recommandez-lui bien d'avoir de la mémoire,

Et de ne pas rouvrir, par faiblesse, l'Histoire
    Aux Napoléons. Gloire à Dieu!

Gloire à Dieu! C'en est fait du nom de Bonaparte,
Ainsi que de la France. Allez, croyez-le bien.
Athènes ne pouvait nous avoir caché Sparte;
Bismark n'a pu voir l'ombre encor d'un citoyen.
Les enrichis d'hier n'osent pas nous combattre.
Ce n'est pas contre nous qu'ils veulent se débattre,
    Mais contre ceux qu'ils voient s'abattre
Sur les biens, sur les lois si chers à leur milieu.
Toujours préoccupés de voir si, par derrière,
Nul n'aurait profité de leur ardeur guerrière,
Afin d'inaugurer pour la France une autre ère,
    Ils nous attendent. Gloire à Dieu!

Gloire à Dieu! Je voulais entrer dimanche au Louvre;
Mais dois-je aux Parisiens accorder cet honneur?
Plus on me parle d'eux, plus mon esprit découvre
Un motif de ne pas risquer votre bonheur,
En exposant mes jours dans leur ville pourrie.
L'important, c'est qu'un jour leur bourse soit tarie,
    Et que la France, alors guérie
De ses illusions, nous tienne en meilleur lieu.
Quand nous aurons leur or, nous aurons leur génie;
Paris ne sera plus dans Paris. On renie,
Déjà, cette cité qui suinte l'agonie,
    Pour chanter Berlin. Gloire à Dieu!

Gloire à Dieu! L'Allemagne ornera ma couronne.

Notre Fritz règnera sur elle. Sadowa
Nous la promit ; mais c'est Sedan qui nous la donne.
L'Autriche, pâle étoile, à l'horizon s'en va,
Comme un astre déchu qu'a remplacé le nôtre.
Si je suis l'Empereur, je suis aussi l'apôtre.

     Mon droit ne le cède à nul autre ;
Mon char a désormais l'appui d'un double essieu ;
Je suis le Roi des Rois. Il est bon qu'on le sache !
A me combler de biens le Créateur s'attache.
C'est que, malgré mes ans, je suis l'agneau sans tache.
     Vous le savez bien. Gloire à Dieu !

Gloire à Dieu ! Des David ne soyez pas jalouse.
C'est biblique, et mon Fritz respecte Salomon.
Le culte des Agar, toléré par l'épouse,
N'est pas l'œuvre de chair agréable au démon.
Vous recevrez de Reims quatre mille bouteilles
De ce vin petillant qui mûrit sur les treilles,
     Au gré des caresses vermeilles
Que le soleil prodigue au grain couleur de feu.
C'est le lait des vieillards. Nous en boirons ensemble.
Je vois encor, dans Ems, Benedetti qui tremble.
Ce vin ne m'a-t-il pas servi, que vous en semble ?
     Goûtez-le sans moi. Gloire à Dieu !

Gloire à Dieu ! J'écris seul, et voilà que ma tête
Se trouble. J'ai voulu déguster ce vin-là.
Bismark ! de Moltke ! Eh quoi ! personne ? Je m'arrête.
Pourtant je voudrais bien t'embrasser, Augusta.

Je voudrais... Mais quels sont ces cris? Sur ces murailles
Pourquoi m'a-t-on laissé ces gagneurs de batailles?
   Louis Quatorze?.. En vain tu railles.
Le soleil à ton front, pour le mien, dit adieu.
Ces cris?.. Que je suis sot! C'est Paris qu'on torture.
C'est égal, cher trésor, ma mémoire est moins sûre
Depuis quelques instants. Adieu, je vous assure
   Qu'il fait bon dormir. Gloire à Dieu!

LES VENDEURS

Si quelque chose est fait pour augmenter encore
Notre haine de ceux qui nous ont corrompus,
C'est la difficulté d'affranchir notre aurore
Des avides concours que leur main a repus.
Sans honneur, sans vertu, sans pays, sans scrupule,
Les hommes qui, vingt ans, ont gorgé l'appétit
Des tristes familiers d'un pouvoir ridicule,
Ont deviné sa chute aussitôt qu'il partit;
Et, sans quitter alors l'ombre des ministères,
Dont ils connaissaient tous les secrets corridors,
Ils se sont transformés en fournisseurs austères,
Juste quand on songeait à les mettre dehors.
La République, hélas! naît crédule et naïve.
Il suffit qu'on la flatte en lui jurant sa foi,
Pour qu'elle vous nourrisse encor de sa chair vive,
Eût-on mangé vingt ans au râtelier d'un roi.
C'est ainsi que, toujours, par sa faute perdue,
Elle a fait pénétrer dans son propre berceau
Les serpents qui, plus tard, l'ont, dans l'ombre, mordue

Après s'être, au soleil, engraissés sur sa peau.
S'il n'en était ainsi, comment pourrait-on croire,
Qu'ayant à se défendre, aussitôt qu'à grandir,
Elle eût remis le soin d'armer pour la victoire
Ses soldats, à des gens heureux de les haïr,
Gens qui, déjà, partout, connus pour leur cynisme,
Ont gagné, devant tous, la moitié de leur or
A spéculer sans frein sur le patriotisme
Qu'ils vont flatter, séduire et désarmer encor?
Un poignard au héros suffirait pour se battre;
Il saisit en aveugle un fusil démonté,
Pourvu que, dans sa fièvre, il soit prêt à combattre
L'ennemi qu'au départ il n'a jamais compté!
Ce tronçon, pour de l'or il faudra le lui vendre;
Ce fusil qu'il réclame, il doit le payer cher;
Ce qu'il possède, il faut en hâte le lui prendre,
Avant que l'ennemi laboure son col fier,
Et que l'aigle prussienne en boive le sang rouge

Il était à la Bourse, avant nos jours mauvais,
Un homme qui naquit à Londres, dans un bouge,
D'une mère allemande et d'un Moïse anglais.
Cet homme était venu jeter dans la corbeille
Les millions gagnés à brocanter jadis
Des fusils, — dont aucun ne fit alors merveille, —
Aux Sudistes, déjà par le destin trahis.
Il connaissait le prix des belles hétaïres;
Ii savait les secrets d'un ministre amoureux,
Faisait danser la rente, et motivait les rires
De quelques écrivains moins estimés qu'heureux;

Son origine était notoirement germaine ;
Il avait mis la main dans de honteux contrats ;
Il niait avant tout la conscience humaine...
C'est lui qu'on va charger d'équiper nos soldats ;
C'est lui qui va jeter de nos emprunts les bases,
Qui, Prussien par sa mère et par son père juif,
Des bas-fonds londoniens va secouer les vases,
Et court à Birmingham imposer son tarif ;
C'est lui que l'on verra, sur le sol britannique,
Clouer à son comptoir des officiers français,
Afin que leur visa, lancé de sa boutique,
Ramène sous sa main tous les gogos anglais ;
Et, comme si la honte imposée à la France
N'était pas, à cette heure, à son comble déjà,
Des hommes, dont la plume était notre espérance,
Rédigent un journal pour ce trafiquant-là !

Et vous voulez fonder de jeunes Républiques !
Ayez donc le courage alors d'aller choisir
Parmi nos ouvriers les forgeurs de vos piques,
Non parmi les valets enclins à nous trahir.
Chassez tous les vendeurs des parvis saints du Temple ;
Transformez vos cités en vastes arsenaux,
Et, de la fermeté donnant ainsi l'exemple,
Ne vous confiez pas aux fils de vos rivaux.
C'est en débarrassant l'onde de son écume,
Qu'on voit briller le flot d'émeraude au grand jour ;
C'est en sachant soi-même assujettir l'enclume
Qu'on est sûr de forger la vengeance à son tour ;
Mais, quand on est assez innocent pour permettre

A ses ennemis-nés de vous fournir le fer
Qu'aux défenseurs du sol il va falloir remettre,
On reviendra demain où l'on était hier,
Pour suivre, hélas! trop tard, d'un œil sombre et morose,
Dans la fange des bals que donnera César
Et la moustache brune et le visage rose
Du juif dont on rouvrit soi-même le bazar.

L'ALSACE

Adossée au versant des Vosges,
Les pieds arrosés par le Rhin,
Donnant ses bois touffus pour toges
A ses burgs cuirassés d'airain,
Déjà l'Alsace, au moyen âge,
Se dégageant de l'esclavage,
Vers la France tourna les yeux;
Et, quand tomba le Téméraire,
Comme la sœur chérit le frère,
Elle aimait déjà nos aïeux.

Louis entra chez elle, en amant qu'on adore.
Si, dans les flots du Rhin, il marcha vers l'aurore,
C'est qu'elle y précéda son quadrige éclatant.
Lorsque la République eut déployé ses ailes,
L'Alsace, pour porter ses armes immortelles,
    Lui prêta son bras triomphant.

    Kléber, au front de nos armées.

Rappela les exploits d'Hector ;
Lefebvre, cher aux Renommées,
Exalta leurs trompettes d'or ;
Kellermann, aimé de la foudre,
Rapp, ce protégé de la poudre,
Scherer, Beysser et Lajolais
Ont payé du sang de leurs veines,
Pour leurs cités, de ce choix vaines,
Le titre de pays français !

L'Europe, ayant brisé ces descendants d'Homère,
N'osa pas séparer la fille de la mère ;
Les larmes de Landau coulent encor là-bas ;
Mais, quand le front d'Huningue a perdu sa couronne,
Huningue fut heureuse, en voyant que personne
    Ne l'arrachait d'entre nos bras.

    C'est que l'Alsace est à la France
    Ce qu'est au magnifique sein
    Gonflé du lait de l'espérance
    L'enfant que ce lait pur fit sain ;
    C'est que sa pensée est la nôtre,
    Son sang notre sang, et pas d'autre ;
    C'est que sa chair est notre chair ;
    C'est qu'elle hait la Germanie ;
    C'est que toujours notre génie
    A son âme restera cher.

Qu'on transforme sa plaine en une mer sanglante ;
Qu'on fasse de ses monts une arène brûlante ;

Que son corps soit brisé par l'assassin jaloux,
On n'obtiendra jamais une Alsace allemande,
Car ce n'est pas le fait, mais l'esprit qui commande ;
    Et son esprit reste avec nous !

. . . .

. . . .

« — Vive la France ! » a dit Strasbourg. — « Vive la France ! »
A répété l'Alsace étreinte dans ses murs ;
Et, contre elle poussant la guerre à toute outrance,
Les Germains ont lancé leurs bourreaux les plus sûrs :
— « Rends-toi, ville ! Rends-toi, province abandonnée ! »
— « Vive la France ! Et vous, répondez, artilleurs ! »
— « Avant que votre mort par nous soit ordonnée,
Ecoutez notre voix ! n'êtes-vous pas d'ailleurs
Par la France aux abois en ce moment trahie ? »
— « Vive la France ! » — « Feu ! feu ! feu ! Le jour, la nuit.
Qu'aux sinistres lueurs que répand l'incendie
Par des torrents d'obus cet orgueil soit détruit ! »
— Les cieux sont obscurcis par l'ouragan des bombes ;
Mais, bientôt, de la ville on voit les toits flamber.
Où furent des maisons ne sont plus que des tombes.
— « Rends-toi, Strasbourg. Il faut à la fin te courber. »
— « Vive la France ! » — « Feu sur cette cité folle ;
Mais épargnez ces murs qui doivent être à nous.
Sur son cœur palpitant, réglez la parabole :
C'est à ses habitants qu'il faut porter vos coups.
Quand les mères verront l'enfant à la mamelle
Éventré sous leurs yeux ; quand les hommes verront

Des femmes, sous l'obus, éclater la cervelle,
Les mères auront peur ; les hommes se rendront. »
— La faim aide la flamme. Oh ! la faim, la faim, lâche !
Invisible bourreau qui tourmente à coup sûr,
Mais ne veut accomplir que lentement sa tâche,
Pour rendre au patient le supplice plus dur !
Complice des tyrans, écueil de leurs victimes,
Invincible ennemi qui dompte le plus fort,
Et qu'on ne peut braver, à ces heures sublimes,
Qu'en se réfugiant dans les bras de la mort !
— « Pitié pour ces enfants ; laissez partir ces femmes ;
L'humanité le veut ; votre intérêt le dit. »
—«Rendez-vous!»—«Non!»—«Alors, allumez d'autres flamm
Pointeurs.» — « Vive la France ! » Ah ! qu'il reste maudit
Dans l'Histoire à jamais, ce bombardeur de villes,
Qui, sur les murs fumants de Strasbourg, eut le cœur,
Pour mieux déshonorer nos généraux serviles,
D'imposer au vaincu le baiser du vainqueur.
Les femmes, les enfants sont tombés. Leur souffrance
A pu briser leur voix ; mais ils ont, malgré tout,
Du seuil de leur tombeau crié : « Vive la France ! »
Mais l'Alsace est vivante, et Strasbourg est debout !
— Quand la mort eut fait rage, au scandale du monde,
Parmi les innocents qu'il nous faudra venger,
L'Europe, concevant une pitié profonde
Pour ces tendres martyrs d'un farouche étranger,
Il fallut bien laisser sortir, comme des ombres,
Les vierges, dans leurs bras portant les orphelins,
Les veuves, dans le sang traînant leurs voiles sombres,
Les mères, ce remords des bourreaux gibelins,

Tout ce qui survivait aux forfaits inutiles.
— Les Allemands alors tentèrent d'inspirer
Une moins grande horreur à ces ombres viriles
Qui, loin du sol natal, hélas! allaient errer.
Certaines du retour, le cœur plein d'espérance,
L'Allemagne les vit s'éloigner à grands pas,
En lui jetant encor ce cri : — « Vive la France! »
Du sommet des grands monts que réveillaient leurs pas.
La rage des vainqueurs tint alors du délire.
— « Feu! feu! qu'on brûle tout : temples, cercles, bazars,
Les livres, les trésors, ce que l'Europe admire,
Ce que le monde entier doit au culte des arts! »
— Quand Rome s'écroulait sous les pas du Vandale;
Quand le Hun, du talon écrasait ses débris;
Quand le Goth remplissait l'Occident de scandale;
C'est que rien à leurs yeux ardents n'avait de prix
En dehors du bonheur qu'ils goûtaient à détruire.
Plus barbares encore que le Goth et le Hun,
Que le Vandale roux s'abattant sur l'Empire,
Les Allemands savaient, en brûlant Chateaudun,
En bombardant Strasbourg, en égorgeant des femmes,
Qu'ils faisaient reculer le monde de cent ans;
Que le progrès acquis s'abîmait dans les flammes;
Qu'ils étaient des bouchers et non des combattants.
Bandits civilisés, monstres systématiques,
Criminels, procédant au mal prémédité,
Ils étaient convaincus que leurs forfaits cyniques
Les jetaient, pour toujours, hors de l'Humanité;
Et qu'au spectacle affreux qu'ils prodiguaient au monde,
Le cœur des nations soulevé de dégoût

Du rang des peuples fiers chassait ce peuple immonde
Teint du sang innocent qu'il a versé partout.
— « Feu! feu! » — Tout est détruit. Seule, au milieu des ⟩
La flèche catholique est debout. — « Feu! feu! feu!
Broyez cette rosace; écrasez ces statues.
Qu'importe Jésus-Christ, lorsque Guillaume est Dieu! ⟩
— Donc rien n'est respecté. Rien! Le prélat succomb
Le juge est immolé; les hommes ne sont plus
Que des spectres, heurtant déjà du pied la tombe,
Qu'élargit chaque jour l'ouragan des obus.
Il faut se rendre, hélas! Il faut ouvrir les portes!
Le baiser de Judas retentit au rempart,
Reléguant le héros parmi les gloires mortes
Pour avoir accepté l'étreinte du soudard.
Un baiser d'Allemand au seuil de ces ruines,
De ces lambeaux de chairs, de ces fleuves de sang,
Quand ces martyrs aimés des vengeances divines,
Ont rallié le monde aux cris de l'innocent!
Mieux valait s'exposer à la mort la plus lente,
En repoussant du bras, pour lui cracher au front,
Cet insolent vainqueur dont la lèvre sanglante
Prétendait nous flétrir de ce dernier affront.
— L'Alsace n'en veut pas plus que n'en veut la France
De ce baiser fatal au malheur imposé;
L'Alsace lui préfère un siècle de souffrance,
Quel que soit le motif qui peut l'avoir causé.
C'est parce que l'on mit alors à notre tête
Des hommes admettant qu'un général prussien
Est un homme comme eux, qu'on permit la conquête,
Sans que, du sud au nord, du pays alsacien

On ait fait un désert; sans que, par l'incendie,
Par le meurtre, par tous les moyens infernaux,
On ait anéanti la horde qui mendie
Des baisers de soldats pour des fronts de bourreaux !
— Uhrich, qu'il te faudra longtemps laver ta joue,
Pour la purifier de ce baiser germain ;
Et que mieux eût valu te rouler dans la boue
Que permettre au bandit de te serrer la main !
Rien ne peut prévaloir contre un mâle courage.
Il est libre toujours, même aux mains du plus fort,
Car il reste un refuge interdit à l'outrage,
Lorsque l'on ne veut pas le subir : — c'est la mort !

Adieu donc, ô cités qu'hier j'ai parcourues,
Lorsque notre drapeau parait toutes vos rues,
Lorsque vos murs charmants pouvaient sourire encor,
Lorsque, dans vos maisons, les chastes jeunes filles
Sur le velours faisaient se hâter les aiguilles,
Pour prendre le dimanche un plus coquet essor.

Adieu donc, ô Colmar ! ô ville impériale !
Tu ne nous fondras plus de cloche triomphale,
Pour chanter dans les airs les hymnes d'autrefois.
Mulhouse, qu'à la tâche on veut en vain remettre,
Au caprice allemand va devoir se soumettre,
Veuve des travailleurs enrichis sous nos lois.

Dans la flèche de Thann le glas des morts nous pleure

Altkirch se plaint au ciel, quand Belfort nous demeure
De ne pas avoir eu d'épreuves à subir ;
Ensisheim, apprenant la nouvelle fatale,
Tombe dans son manteau d'ancienne capitale,
Comme une vierge en deuil qu'un amant vient de fuir.

Belle église de Soultz, où sont vos chants de fêtes ?
Turkheim, que n'as-tu là, comme au temps des conquêtes
Turenne, pour étendre encor sur toi la main ?
Ferette, à quoi sert donc ton vieux château gothique ?
Saint-Amarin, pourquoi de ta flamme héroïque
Renaître hier, hélas ! pour succomber demain ?

Guebwiller, à la Lauth par tes larmes gonflée,
Tes filles n'iront plus, dans la nuit étoilée,
Confier leurs secrets et dire leurs chansons.
Munster ne cueille plus de fleurs à Saint-Grégoire.
Ribeauvillé maudit les vins qui font sa gloire,
S'il faut que de Guillaume elle soit l'échanson.

Bitschwiller se demande à quoi servit sa forge,
Lorsque la Prusse encor peut étaler sa gorge
Au soleil, sans y voir enfoncer un poignard.
Neuf-Brisach au tombeau redemande son père.
Au château d'Isembourg, Rouffach se désespère.
Sainte-Marie en pleurs se déchire à l'écart.

Wesserling, ce hameau qu'un lustre aurait fait ville,
Préfère s'arrêter que de grandir servile.

Huningue, cette fois, se dit : « C'est bien la mort ! »
Saverne, dans sa tour, fuit les yeux de la terre.
Schelestadt se désole, au fond du monastère,
Dont l'autel pour ses fils a cessé d'être un port.

O Wissembourg ! Malgré ton nom désormais sombre,
Reçois notre baiser, sœur, qui, voyant le nombre
Avoir raison du droit et de la volonté,
Frémis de rage encor sur ta base de pierre,
Et ne cesse, depuis, de rester en prière,
Sans que par les bourreaux ton amour soit dompté.

Hagueneau, dont les bois ont des profondeurs sombres,
Qu'Hohenhauffen a cru jadis dépeupler d'ombres,
En construisant son burg au sommet de tes monts ;
Molsheim, où Westermann but le lait énergique
Qui fait par les héros chérir la République,
Adieu. Qu'allez-vous faire aux bras de ces démons ?

Quand Wasselone était joyeuse, ses carrières
Entendaient vers les cieux monter la voix des pierres,
Qui parlait de la France aux horizons émus.
Bouxwiller travaillait recueillie et sereine ;
Auprès de Dellwiller, se rappelant Turenne,
Lutzelstein d'Altembourg parait les rochers nus.

O douce Ill ! dans tes eaux regardant ses ruines,
Landsperg se consolait, au flanc vert des collines,
De s'égrener français dans tes tranquilles flots.

Le vieux mur des païens, quand Barr courait agile
Adorer le Sauveur au seuil de Saint-Odile,
Tressaillait sur sa base où dorment les échos.

Niederbronn, dont les fleurs couvrent les monticules;
Lauterbourg, dont les eaux portent des renoncules
Que la Lauter caresse en roulant sur ton sein;
Rosheim, à qui jadis Mansfeld faisait comprendre
Ce que des Allemands l'Alsace doit attendre,
Demeurez au pouvoir du Monarque assassin.

Adieu, Benfeld! adieu! comme au temps de ton siége,
Par les hommes du Nord te voilà prise au piége.
Adieu, fière Oberehnheim qu'abrite l'Hohembourg.
Adieu, reine du Rhin, fille du Moyen-âge,
Dont la flèche se perd où commence l'orage,
O cité des cités! O sublime Strasbourg!

Adieu donc. Sans clouer, pour vous défendre encore,
Tout le fer qui vous reste aux flancs du minotaure,
Notre pays consent à renoncer à vous;
La mère, sans mourir, abandonne la fille;
La force, malgré Dieu, divise la famille;
Vous n'avez plus le droit de succomber pour nous!

Eh bien! non, pas adieu! Non, pas adieu! provinces
Dont tous les enfants sont Français.
Au revoir; à demain; au grand jour, où les princes

Des peuples affranchis subiront le procès.
L'Empire vous livra ; la Royauté vous cède ;
Seule, la République a tout haut protesté ;
Et, demain, triomphante, elle accourt à votre aide,
Brandissant le levier qu'attendait Archimède
Pour que le droit humain pût être incontesté.

Eh bien ! non, pas adieu ! Non, pas adieu ! collines,
     Vallons, ruisseaux, fleuves, rochers,
Vieux donjons, bois touffus, souriantes usines,
Églises dont la voix monte de cent clochers !
Vous ne reverrez pas dix fois l'anniversaire
Du jour humiliant qui vous arrache à nous,
Sans que nos bataillons gravissent le calvaire
Où le tyran prussien, qui parle de vous plaire,
Pour s'abreuver de sang s'est accroupi sur vous.

Eh bien ! non, pas adieu ! Non, pas adieu ! nos frères
     Nos sœurs, nos enfants, nos amis,
Vous tous, dont les grands cœurs sont restés nos frontières,
Vous toutes qui rêviez de nos lauriers promis.
Écoutez ! écoutez ! c'est le canon qui gronde ;
C'est, au sommet des monts, le chant républicain ;
Ce sont les rédempteurs et les sauveurs du monde ;
C'est la France qui vient ; c'est la mère féconde ;
C'est le réveil du peuple aimé du genre humain !

Nous voici ! Tombez, fers ! Relevez-vous, victimes !
     Fuyez épouvantés, bourreaux !
En vain le nom d'exploits sert à masquer vos crimes,

Les vengeurs ne croiront qu'à la voix des tombeaux !
Nous voici, sœur Alsace ! Entre nos bras, la vie
Te revient. Nous sentons battre tes nobles cœurs,
Tes yeux se rouvrent. Viens ! l'Allemagne asservie,
Par nous, à ses bourreaux, doit être aussi ravie ;
C'est déjà sur Berlin que marchent les vainqueurs !

GENOU TERRE!

En face du danger lorsque la foi s'affirme,
Le courage toujours, ne crût-il pas, confirme
L'hommage de ses pairs à la grandeur de Dieu.

Dijon se défendait. La bataille avait lieu
Devant Garibaldi, cet ennemi du prêtre.
Menotti, fier de vaincre aux ordres d'un tel maître,
Et de l'enorgueillir à son tour dans son fils,
Portait aux Allemands ses plus ardents défis,
Entraînant sous le feu les bataillons de France.
L'un de ces bataillons, qu'exaltait l'espérance,
Se déploie, en avant des autres, sur un rang,
Pour étreindre la Prusse en un cercle plus grand.
C'était le bataillon des Basses-Pyrénées.
Au moment le plus beau de leurs jeunes années,
Arrachés par la guerre à leurs foyers chrétiens,
Ceux qui le composaient avaient fait de leurs biens
Le sacrifice; mais, dans leur âme aguerrie,
Aucun ne séparait son Dieu de sa patrie.

17

Lorsque la mort venait, pour la mieux recevoir,
Ils se disaient qu'au ciel c'est Dieu qu'ils allaient voir;
Et, s'élançant alors vers elle, pleins d'audace,
Ils jetaient leur Credo catholique à sa face.
— Sur ce point le péril était plus grand qu'ailleurs.
Pour arrêter l'élan des jeunes tirailleurs,
La mitraille pleuvait. Tout à coup, la voix fière
Du brave commandant leur cria : « Genou terre! »
Le doigt sur la détente et l'arme ferme au corps,
Ces cinq cents jeunes gens, si nobles et si forts,
Ces héros, qui jouaient en ce moment leur vie,
Obéirent, courbant sous une ardente pluie
Leur front; et, du sommet d'un tertre, un homme noir,
L'aumônier, dans le feu, soudain se laissa voir,
Bénissant lentement d'un geste magnifique
Ce bataillon d'enfants, qui reprit, héroïque,
Dès que le prêtre eut dit sa bénédiction,
Vers les canons béants, son élan de lion.
Menotti, qui passait, vit cet acte sublime,
Et, sans rien dire, aux yeux de son escorte intime,
Comme il eût fait devant un fier porte-drapeau,
Quand l'aumônier bénit, il ôta son chapeau,
Certain que cette fois le grand cœur du vieux maître
Lui saurait gré d'avoir fait ce salut au prêtre.
Garibaldi songeur, quand il apprit le fait,
Attira sur son cœur le fils qu'il attendait;
Et, l'embrassant, lui dit d'un ton de voix suprême :
« Si j'avais été là j'aurais agi de même! »

CHATEAUDUN

Ville à jamais célèbre entre toutes les villes,
Châteaudun n'a pas fait comme ces cités viles
Dont l'intérêt mesquin paralysa le cœur.
Ses enfants ont fermé ses portes au vainqueur;
Et ses femmes, avec la pâleur des colombes
Et la fierté de l'aigle, ont supporté les bombes.
Cet exemple fameux devait être puni.
Quoi! sans perdre une amorce, il en avait fini,
L'envahisseur cruel, avec des places fortes;
Et voilà qu'une ville ose fermer ses portes!
« Brûlez-la, dit le monstre. » — Aussitôt, dans les airs,
L'incendie, à sa voix, promène ses éclairs,
Tandis que, dans les feux dont se remplit l'espace,
Debout, et regardant l'Allemand face à face,
Les braves habitants de la noble cité
Jettent encor l'insulte au vainqueur irrité.
Églises et maisons s'écroulent dans les flammes;
Mais leur chute sublime émeut les fières âmes;
Et la France voudra transformer, à ses frais,

Avant qu'il soit un an, ses maisons en palais.
S'il n'en était ainsi, nous n'aurions plus qu'à faire
Le deuil de notre honneur ; et qu'à chercher à plaire,
A l'Allemand, qui vient de nous briser les os,
En courbant sous son joug notre servile dos ;
Car c'est le propre, hélas ! des nations esclaves,
De ne pas témoigner leur gratitude aux braves,
De peur que le tyran, attentif et cruel,
Ne déclare demain cet amour criminel.

DU SANG!

Qu'il coule à flots, le sang des hommes !
Jamais ils n'en auront assez,
Pour laver les temps où nous sommes
Des crimes sur nous entassés.
Qu'il coule sur la neige blanche,
Jusqu'à ce que, dans nos vallons,
La séve ait reverdi la branche
Que dessèchent les aquilons.

Qu'il coule à flots, le sang des braves !
Lui seul peut laver à nos fronts
La tache qui nous rend esclaves
Des vils auteurs de nos affronts.
Vouloir le garder dans les veines,
C'est être indigne d'en avoir,
Si nous bornons aux larmes vaines
L'essor de notre désespoir.

Qu'il coule à flots, notre sang rouge !
Pour le baptême de nos fils,

Au seuil du palais ou du bouge
Plein de clameurs et de défis ;
Qu'il soit notre unique breuvage,
Tant que Berlin sera puissant.
— « La chaleur brise ton courage,
Beaumanoir ? » — « Eh bien ! bois ton sang ! »

Qu'il coule à flots, le sang des femmes,
Des petits enfants et des vieux !
Il ne peut éteindre les flammes
Qui viennent d'empourprer les cieux ;
Sur les brasiers de l'incendie,
Lorsqu'il tombe, on l'entend crier.
Dieu s'éveille quand le sang crie ;
Et c'est Dieu qu'il nous faut prier.

Qu'il coule à flots, le sang des vierges,
Aux cris déchirants du viol ;
Qu'il coule à la lueur des cierges,
Le sang des prêtres sur le sol ;
Qu'il ruissèle des carotides
Avec notre dernier soupir,
Si nos défenseurs intrépides,
Terrassés, n'ont plus qu'à mourir !

Qu'il coule, le sang de la France ;
Qu'il change en ruisseaux nos sillons ;
Il ne noîra pas l'espérance
Des vengeurs de nos bataillons ;

Et, tôt ou tard, un Charlemagne,
Des Germains à son tour vainqueur,
S'en ira prendre à l'Allemagne
Le sang qui fait battre son cœur !

LES PENDULES

Dans leur sordidité germaine,
Nos vainqueurs ont emporté tout,
Depuis les trésors du domaine
Jusqu'aux écluses de l'égout ;
Mais, dans leurs caprices bizarres,
L'avide main de ces barbares
Préfera surtout nous ravir
Les mouvements de nos pendules,
Que ces horlogers ridicules
Pour leurs châteaux ont fait partir.

Égoïste et folle imprudence !
Ces détrousseurs n'ont pas compris
Que la main de la Providence
Poussait à ce choix leurs esprits,
Afin qu'un jour, à la même heure,
Chacun d'eux pût, en sa demeure,

Entendre sonner lentement
A la pendule de la France,
Et l'annonce de la vengeance,
Et le signal du châtiment !

PARIS

Si la Convention lança quatorze armées
    Contre les Rois coalisés ;
Si l'Empire, à son tour, lassa les Renommées,
    En fatiguant leurs trompettes aimées
A nommer les tyrans qu'il avait écrasés ;
C'est que la France alors, du sommet à la base,
Était une ; et qu'ayant la clef de ses douleurs,
Sa forte main osa faire un jour table rase
Des embarras créés à ses saintes ardeurs.

C'est que le feu sacré monta de ses racines
    Vers les branches de son sommet ;
C'est qu'ayant confondu toutes les origines,
    Dans le transport de ses fureurs divines,
Elle fit les efforts que l'unité permet ;
C'est qu'ayant pris pour chefs des garçons d'écurie,
Aucun d'eux ne songeait, en défiant la mort,
A s'étonner qu'ayant à sauver la Patrie,
Le peuple triomphant prouvât qu'il était fort !

Dumouriez à l'exil dut suivre Lafayette ;
    Custine fut guillotiné.
Aspirer à la paix ou subir la défaite,
    C'était déjà contracter une dette
Avec le coupe-tête à son œuvre obstiné.
Si bien qu'un jour, sauvé par son patriotisme,
Le pays généreux se retrouva debout,
Jusqu'à ce que la force eût armé l'égoïsme,
Dont le triomphe énerve et dont le poids dissout.

Pour vaincre après Sedan, il aurait fallu rendre
    Impossible à chaque Français
De rentrer dans son bien, s'il n'osait le défendre.
    Mais, dès le jour où l'Intérêt put prendre
Sa part dans les moyens d'arrêter l'insuccès,
Tous ses efforts, dictés par des craintes sordides,
Tendirent désormais à triompher de nous,
De peur que, pour lutter en hommes intrépides,
Nous ne compromissions son avenir jaloux.

Tout ce qu'on aurait eu de forces pour la guerre,
    L'intérêt le paralysa.
De ses intentions ne faisant plus mystère,
    Son plan devint l'attente et la misère :
La misère affaiblit. et l'attente brisa.
Pendant que ces deux sœurs de la trahison fauve
Accomplissaient, hélas ! leur œuvre dans Paris,
La Prusse déployait, comme le vautour chauve,
Ses ailes sur nos fronts par la force flétris.

. . . .

. . . .

Aux révolutions il faut, comme aux vengeances,
    Des favoris de l'imprévu,
Qui n'aient pas laissé mettre à leurs intelligences
    Le lourd collier qu'impose, aux indigences
De l'esprit, un pouvoir perfide et corrompu.
Aux révolutions, il faut, comme au cyclône,
De sombres précurseurs aux excès préparés,
Et non pas des soldats exercés par le trône,
A la haine des droits dont il les a sevrés.

. . . .

. . . .

    La République ! — En entendant
    Ce mot planer sur ses coupoles,
    Paris crut, pour venger Sedan,
    Qu'on méditait des choses folles.
    Trois cent mille de ses enfants,
    Lancés en armes sur la route,
    L'Allemagne était en déroute,
    Guillaume reculait sans doute ;
    Ou, si ses soldats triomphants
    Osaient affronter l'avalanche,
    C'était, pour Paris, la revanche,
    Avant que, dans la neige blanche,
    Dormissent nos canons béants.

Vain espoir! Cruelle chimère!
Si l'on tenta d'ardents efforts,
Ce fut, dérision amère!
Contre les vaillants et les forts.
Paris vit transformer en crime
La volonté d'aller mourir.
Tout homme exprimant le désir
De marcher, au lieu d'endormir
Dans l'attente sa foi sublime,
Fut décrété de trahison;
Et l'on vit, toute une saison,
Pour calomnier la raison,
Le serpent baver sur la lime!

Quand la faim eut bien énervé
Les hommes qui voulaient combattre,
L'anneau de honte fut rivé
Au col qu'on ne pouvait abattre;
Et lorsque, enivré de fureur,
Paris, se sentant invincible,
Soudain se redressa terrible,
Voulant protester, inflexible,
Contre son lâche défenseur,
Les généraux dont la vaillance
N'avait pu protéger la France,
Se vengèrent de sa constance,
En lui plongeant leur glaive au cœur!

Le cœur ouvert, le col enchaîné, la voix sourde,

Paris écarte encor du bras la pierre lourde
Qu'on prétendait sceller sur sa tombe demain.
Tel le héros, laissé mourant sur le chemin,
Retrouve son ardeur dans les coups qu'on lui porte,
Tel Paris, dans le vide étendant sa main forte,
Renaît, plein de vigueur, de ceux qu'il a reçus,
Tandis que ses vainqueurs, dans leur haine déçus,
Saisis d'un fol effroi devant son agonie,
Sont contraints de subir la loi de son génie.
— Du fond de l'Allemagne aux rivages du Rhin,
Quand les clairons de cuivre et les tambours d'airain
Appelaient au combat la horde des barbares,
Une voix se mêlait aux sauvages fanfares,
Qui des Germains pesants exaltaient les esprits.
Cette voix leur criait : « Vous allez à Paris! »
Et, dans l'espoir d'entrer dans la ville sacrée,
Chacun d'eux, oubliant sa compagne adorée,
Sa promise, sa sœur, son clocher, sa maison,
Marchait, loin de savoir qu'il aurait pour prison,
Lorsqu'il aurait foulé le sol, but de ses peines,
Ce Paris qu'il croyait bientôt charger de chaînes.
Ne nous aveuglons pas sur ce qu'ils nous ont fait,
Non pour que la revanche égale le forfait,
— L'avenir là-dessus fixe déjà ses comptes!
Mais pour montrer combien, du milieu de nos hontes
Paris, malgré sa chute, a relevé son cœur,
Et triomphé, vaincu, de son propre vainqueur!
L'Allemagne a la main sur le tiers de la France;
Nous sommes sans armée; et, pour la délivrance,
Nul bras assez puissant ne se révèle encor;

Du peuple on a cent fois paralysé l'essor ;
La Capitale enfin à Guillaume est livrée,
Ayant faim, ayant froid, sanglante et déchirée,
Telle enfin qu'un cadavre éteint, mais qui surprend,
Et fait aux Henri Trois crier : « Dieu, qu'il est grand ! »
Les pont-levis baissés et les portes béantes
Sont là. Devant les pas de vos masses puissantes.
Les nôtres ont laissé tout un quartier désert.
Entrez donc ; et venez nous donner ce concert
Que vous aviez juré dans nos palais d'entendre.
Allons, triomphateurs, osez au moins le prendre,
Ce Paris que, six mois, vous avez assiégé,
Sans entamer ses murs ! Qu'il soit bien outragé ;
Qu'il venge de Berlin les hontes volontaires ;
Qu'il entende sonner vos bottes militaires
Sur l'asphalte brillant de ses fiers boulevards ;
Que vous puissiez au moins, maîtres de ses remparts,
Dire que vous avez fait la cour à nos filles.
Installez-vous de force au sein de nos familles.
Puisque vous triomphez, agissez en vainqueurs ;
Mettez, si vous l'osez, votre main sur nos cœurs.
—Ils entrent ; mais tremblants. Leurs avant-gardes sombres,
Sous notre Arc triomphal ont projeté leurs ombres,
N'ayant qu'un sentiment qu'ils ne déguisent pas,
Celui de le trouver si haut, près d'eux si bas !
Leurs régiments, après, défilent dans la boue,
Leurs cuirassiers, avec la pâleur sur la joue,
Leur triste état-major, qui pourtant fait la loi,
Puis, plus rien. Où donc est maintenant votre Roi ?
Quand Paris est livré, quand Paris trompé s'ouvre,

N'ose-t-il donc venir frapper à notre Louvre,
De peur qu'enfin le peuple aille lui démontrer
Qu'on pouvait, le voulant, lui défendre d'entrer?
—Alors, pendant deux jours, comme en un cirque immen
On put voir, isolés, craintifs, sous l'inclémence
Des cieux voilés de noir comme notre mépris,
Trente mille Allemands prisonniers de Paris,
Qui, dès qu'osait parler leur musique germaine,
Entendaient nos gamins cracher leur chants de haine,
Et voyaient, sous leurs yeux, fouetter à tour de bras
Leurs femelles d'un jour qu'ils ne défendaient pas!
Et, quand ils eurent bien tari, jusqu'à la lie,
Ce calice, qu'il faut que leur mémoire oublie
Pour nous laisser un jour banqueter à Berlin,
Paris les vit reprendre à pas lents leur chemin,
Sans même avoir osé ravir à son audace
Les canons que loin d'eux traîna la populace,
Afin de les soustraire à leur avidité,
Se contentant de l'or qu'on leur avait jeté,
Et laissant à jamais gravé dans notre histoire
Ces deux jours dont Paris souffleta leur victoire

S'ils ont subi l'outrage et dévoré l'affront,
C'est que notre tonnerre a foudroyé leur front,
        Dès qu'il a grondé sous la nue;
C'est que, toutes les fois que Paris a donné,
Il a vu le Germain, du ciel abandonné,
        Frémir et pâlir à sa vue.

Lorsque la faim déjà mordait nos combattants,
Versailles entendit nos clairons éclatants,
    A Montretout, chanter victoire.
Au chant de ces clairons, l'Allemagne trembla,
Car, pour les Parisiens, la victoire était là,
    Si l'on n'eût jalousé leur gloire.

La retraite sonna, quand Guillaume à cheval,
Vers l'horizon troublé, tournant son œil fatal,
    Voyait Augusta dans les larmes.
Nous n'avions, en avant, qu'à cueillir des lauriers.
Au lieu de combattants, vinrent des brancardiers.
    Qui donc paralysa nos armes?

Qui donc?— Ceux que le peuple effraie, encor bien plus
Que l'étranger, et dont les membres sont perclus
    Dès que s'affirme un nouveau monde;
Ceux qui n'entendent pas laisser aux citoyens
Le droit de se venger par les hardis moyens
    De la République féconde.

Périssent les enfants, les femmes, les vieillards;
Croule la nation, sous le poids des hasards
    Provoqués par leur incurie,
Plutôt que d'accepter, d'autres mains que des leurs,
Et l'adoucissement des communes douleurs,
    Et le salut de la Patrie!

.   .   .   .

.   .   .   .

Ce qui doit revenir à Paris, dès demain,
    C'est la France enfin éclairée,
    A la revanche préparée,
La vengeance dans l'âme et le glaive à la main,
    Déclarant à la ville sainte
    Qu'elle rentre dans son enceinte
    Pour honorer les morts obscurs,
    Lui redemander la lumière,
Et marcher avec elle à des lendemains sûrs,
En rendant au pardon sa majesté première

Que les pouvoirs, issus de l'indignation
    Dont l'âme de la France est pleine,
    Gardent pour l'ennemi la haine;
Qu'ils fassent de Paris la moderne Sion;
    Et jamais la ville égarée
    Ne viendra, de sang altérée,
    Battre les murs de nos palais;
    Car un seul sentiment l'inspire :
Pouvoir de la revanche écarter les délais,
En retrouvant l'orgueil égaré par l'Empire.

Paris alors sera redevenu Paris.
Non pas l'hôtel banal où cuvait le mépris
Des étrangers, reçus au bal des Tuileries.
Non pas l'auge où, vainqueur de par ses écuries,
L'oisif satisfaisait ses appétits malsains
Non pas ce coin obscur, propre à tous les larcins,

Ménagé par la force à deux pas de son antre.
Non pas ce lupanar de l'esprit et du ventre,
Où le corps énervé n'était plus bon à rien.
Non pas l'Église ouverte au cynisme païen,
D'où Schneider est sortie affublée en Victoire,
Pour fermer à nos pas les portes de l'Histoire.
Mais le Paris aimé du sévère penseur,
Le Paris glorieux, le Paris travailleur,
Le Paris, creuset pur où bout l'airain sublime,
Dont le jet doit couler en fleuve, de sa cime,
Pour se figer au moule avec sa chair pétri ;
Mais la ville dont rien de sacré n'a péri ;
Mais le flambeau, soudain rallumé, du génie ;
Mais l'héroïsme, ayant, dans sa longue agonie,
Retrouvé de l'ardeur pour de nouveaux combats ;
Mais la forge propice à tremper des soldats ;
Mais ce qu'on nous envie et ce que rien n'égale
Au monde : le Paris lumière et capitale !

LES GARIBALDIENS

Enfin! d'un bout du monde à l'autre,
Fouillant l'horizon agrandi,
Sont accourus, autour de leur apôtre,
Les soldats de Garibaldi.
Ils croient à l'aurore nouvelle,
Marchant devant la France avec son pur flambeau;
Et leur phalange a pour drapeau
La République universelle!

Que pourront faire, hélas! les vaillants attendus,
Pour un siècle impuissant à vouloir quelque chose?
Les hommes qui nous ont perdus
Règnent encor sur toutes choses.
Insensé qui prétend se soustraire à leur main.
S'ils se sont effacés, c'est pour qu'on les oublie;
Et par ces déserteurs de la France affaiblie,
Les héros d'aujourd'hui seront martyrs demain!

Ils croient à l'aurore nouvelle,

Marchant devant la France avec son pur flambeau;
    Et leur phalange a pour drapeau
    La République universelle !

Si les Sociétés sont dans la main du sort,
Il ne les peut briser que par un cataclysme.
    Quelle autre a mérité la mort,
    En divinisant l'égoïsme,
Plus que celle qui laisse aboutir l'Occident
.A la honte de voir le Nord glacer ses brises;
Et qui, par le tocsin de ses cent mille églises,
N'a pas pu s'affranchir encore, après Sedan?

    Ils croient à l'aurore nouvelle,
Marchant devant la France avec son pur flambeau;
    Et leur phalange a pour drapeau
    La République universelle !

Lorsqu'en quatre-vingt-douze, insultant l'avenir,
Brunswick eut aux Français jeté son manifeste,
    La France, qui savait punir,
    Eut les saintes fureurs d'Oreste.
Tout ce qui, sous ses yeux, n'avait pas défendu,
Contre les Rois jaloux, son sublime héritage,
En cherchant à mourir pour conjurer l'orage,
Aux applaudissements du peuple, fut perdu.

    Ils croient à l'aurore nouvelle,
Marchant devant la France avec son pur flambeau;

Et leur phalange a pour drapeau
La République universelle !

Custine dut mourir pour n'avoir pas vaincu ;
Dumouriez dut s'enfuir, malgré qu'il ait su vaincre.
  C'était peu d'avoir combattu,
  Si l'on n'avait pas pu convaincre.
L'Idée impitoyable accourait ; et, debout
Sur le champ de bataille, avec son ignorance,
Pour enchaîner la gloire et délivrer la France,
Disait un « je le veux ! » qui suppléait à tout !

  Ils croient à l'aurore nouvelle,
Marchant devant la France avec son pur flambeau ;
  Et leur phalange a pour drapeau
  La République universelle !

Quoi ! le voile sanglant ne fut pas déchiré,
Dès qu'on vit à Sedan nos maréchaux survivre ;
  Et Bazaine est encor sacré,
  Pour ceux qu'il n'a pas voulu suivre !
Eux-mêmes, s'ils avaient un peu de sang au cœur,
Voudraient que dans l'espace on dispersât leurs restes,
Afin d'épouvanter les conseillers funestes
Dont la lâche main s'offre à la main du vainqueur.

  Ils croient à l'aurore nouvelle,
Marchant devant la France avec son pur flambeau ;
  Et leur phalange a pour drapeau
  La République universelle !

Puisqu'un monde pareil à sa honte survit ;
Puisqu'il se coagule ; et qu'ainsi nos artères
    Au sang nouveau ferment leur lit,
    Pour nous, demain est sans mystères.
Quelque autre Aspromonte les récompensera,
Les vaillants, des efforts qu'ils vont tenter en France.
Ce qu'ils auront conquis n'est pas la délivrance ;
C'est le retour du joug que Bismark nous rendra.

    Ils croient à l'aurore nouvelle,
Marchant devant la France avec son pur flambeau ;
    Et leur phalange a pour drapeau
    La République universelle !

On dira d'eux, ce soir tout bas, plus haut demain,
Qu'ils sont le ramassis des voleurs de l'Europe,
    Tous à l'affût d'un lendemain,
    Pour leur existence interlope.
Or, ceux qui le diront sont ceux dont les châteaux
Resplendissent de l'or de l'épargne française,
Ou ceux que le Mexique a vus, de sa fournaise,
Emporter leurs trésors aux plis de nos drapeaux.

    Ils croient à l'aurore nouvelle,
Marchant devant la France avec son pur flambeau ;
    Et leur phalange a pour drapeau
    La République universelle !

Pour vaincre, il nous faudrait, frappant les intérêts,
Immoler sur nos pas toute chose existante,

Afin que, sur le sol, après,
L'Allemagne gisse expirante;
Pour vaincre, il nous faudrait étouffer dans nos bras
Tout général vaincu, n'eût-il rien fait pour l'être;
Pour vaincre, il nous faudrait briser ou méconnaître
Tous les droits reconnus qui ne nous servent pas!

Ils croient à l'aurore nouvelle,
Marchant devant la France avec son pur flambeau;
Et leur phalange a pour drapeau
La République universelle!

Vous ne comprenez pas, funestes insensés,
Qu'en opposant vos lois à cet humain cyclône,
Aux tyrans qui nous ont blessés
Vous rouvrez le chemin du trône;
Que ce vaste réseau d'instruments du pouvoir,
Dont vous ne brisez pas les mailles résistantes,
C'est la complicité que vos forces vaillantes
Essaieront vainement de combattre ce soir?

Ils croient à l'aurore nouvelle,
Marchant devant la France avec son pur flambeau;
Et leur phalange a pour drapeau
La République universelle!

Dix fois les forts armés en ce moment pour vous
Ont cru que l'heure sainte était enfin venue;
Dix fois ils ont perdu leurs coups
Pour une raison trop connue.

Est-ce que leurs efforts doivent jamais servir!
Ce serait compromettre une œuvre magnifique;
Et Sutherland paraît, tentateur britannique,
Pour flatter le héros qu'il s'agit d'asservir.

    Ils croient à l'aurore nouvelle,
Marchant devant la France avec son pur flambeau ;
      Et leur phalange a pour drapeau
      La République universelle!

Donc, ils ne vaincront pas, les hommes accourus,
D'un bout du monde à l'autre, à la voix de la France.
      Leurs accents ne seront pas crus ;
      On rira de leur espérance ;
Et les Occidentaux, comme aux siècles éteints,
Rempliront d'or le casque évasé du barbare,
Plutôt que d'obéir à l'ardente fanfare,
Dont la voix peut encore éveiller les destins.

    Ils croient à l'aurore nouvelle,
Marchant devant la France avec son pur flambeau ;
      Et leur phalange a pour drapeau
      La République universelle!

Voleurs ! Qu'importerait à des gens résolus
De tout subordonner au salut de la France?
      Voleurs! qu'ils le soient encor plus,
      S'ils apportent la délivrance!
Voleurs, s'ils ont tondu, ces soldats de la faim,
Du pré qui les tenta la largeur de leur langue.

Haro sur le baudet, quand le lion harangue.
Ceux-là sont des bandits qui n'ont pris que du pain !

Ils croient à l'aurore nouvelle,
Marchant devant la France avec son pur flambeau ;
Et leur phalange a pour drapeau
La République universelle !

Qu'ils luttent donc, n'ayant qu'un seul espoir : la mort.
Quand le barbare aura labouré sur leur tombe,
De ce sol renaîtra plus fort
Chacun des croyants qui succombe.
Le monde, qui résiste à leur avénement,
N'en aura pas moins dû tomber et disparaître,
Pour laisser le nouveau, qu'il prétend méconnaître,
Imposer son étoile au jeune firmament.

Ils croient à l'aurore nouvelle,
Marchant devant la France avec son pur flambeau ;
Et leur phalange a pour drapeau
La République universelle !

Qu'importent donc alors tant de cruels défis
A l'Idée, aujourd'hui par la force vaincue,
Si, du martyre de ses fils,
Dépend la victoire attendue ?
Ils affirment qu'en vain la force, contre Dieu,
Coalise, ici-bas, ses éléments suprêmes;
Et que l'esprit, toujours, de la nuit des extrêmes,
Se dégage plus pur dans des langes de feu !

Enfin ! D'un bout du monde à l'autre,
Fouillant l'horizon agrandi,
Sont accourus, autour de leur apôtre,
Les soldats de Garibaldi.
Ils croient à l'aurore nouvelle,
Marchant devant la France avec son pur flambeau ;
Et leur phalange a pour drapeau
La République universelle !

RICHARD WALLACE

La Fortune n'est pas l'aveugle que l'on pense ;
Car si, dans son mépris de notre indignité,
Elle n'a pas toujours été la récompense
    De l'infaillible probité,
C'est que, sans elle, on peut être heureux sur la terre,
Tandis que, sous le poids de toutes ses faveurs,
Ceux qu'elle en accabla ne nous font pas mystère
    Qu'elle a décuplé leurs douleurs.

Mais, parfois, réparant ses coupables caprices,
Elle se donne, avec son cortége de biens,
A quelque noble ami des vertus rédemptrices,
    Docile à leurs élans chrétiens.
Pour lui, désormais sœur de ces vertus, elle offre
Tous ses trésors, à ceux qui souffrent ici-bas,
Transformant en autel l'inépuisable coffre
    Où disparaît alors son bras.

C'est ainsi qu'elle a fait d'un homme jeune encore

Le saint Vincent de Paul de nos pauvres blessés,
Des femmes, des enfants qu'un long siége dévore,
  Le soir, dans les taudis glacés!
— « De l'or! de l'or toujours! » — criait la Bienfaisance.
Soumise aux doux accents de celui qu'elle aimait,
La Fortune donnait cet or, et sa présence,
  Chers et doux martyrs, vous calmait.

L'Histoire, dont la main n'a pas cessé d'écrire,
A vu, de ses hauteurs, le spectacle touchant.
Couronné des bienfaits qu'il ne voulait pas dire,
  Ce riche entrera triomphant
Dans l'avenir, où Dieu lui réserve une place,
Inséparable élu de ceux qu'il a nourris,
Afin que l'écho fier nomme Richard Wallace,
  Quand la Muse dira Paris!

BELFORT

Les Germains ont en vain fait rage
Contre les vieux murs de Belfort.
Belfort, tenant tête à l'orage,
Rit de leur impuissant effort.
Si leurs obus, chargés de poudre,
Ébranlent ses portes de fer,
Belfort a, pour lancer la foudre,
Le bras du colonel Denfert !

A peine eut-on parlé de guerre
Que Belfort d'aise tressaillit,
Car c'est par sa route guerrière,
Allemagne, qu'on t'envahit.
Pendant qu'au nord de nos montagnes
La victoire nous trahissait,
Belfort croyait dans ses campagnes
Que notre revanche passait.

Vaine attente ! Espérance vaine !

La France avait manqué son but ;
Et c'est dans la poudre germaine
Que la frontière disparut.
— « Rends-toi, Belfort ! » — dit la voix brève
De ceux que Belfort arrêtait.
Avant que cette voix achève,
Notre canon lui répondait :

— « Belfort, dans sa tunique blanche
De murailles et de rocher,
Ne redoute pas l'avalanche
Qui de son front ose approcher.
Défiant le bronze et le cuivre,
Son oriflamme entre les bras,
Belfort pourra cesser de vivre,
Mais Belfort ne se rendra pas ! »

— Et, pendant des jours, des semaines,
Des mois, Belfort a vu pleuvoir
Le feu sur ses hauteurs sereines,
Sans perdre un seul instant l'espoir.
Son sang, par de larges entailles,
S'épanchait en ruisseaux brûlants,
Le long de ses fortes murailles
Et de ses ponts-levis croulants

Belfort flambait, sainte fournaise,
Mêlant, au bruit de ses canons,
Les accents de la Marseillaise,
Que répétait l'écho des monts ;

Et, de la masse incandescente,
Pendant les nuits, on entendait
Bondir sa clameur menaçante
Sur le Germain qui l'assiégeait.

Un seul instant, d'ardentes larmes
S'unirent au sang valeureux,
Qui coulait, inondant nos armes,
Du front de ces murs orgueilleux.
Ce fut quand, du haut de ses cimes,
Belfort vit, de l'âpre Jura,
Nos moùrants combler les abîmes...
C'est sur eux que Belfort pleura.

Belfort eût disparu du monde
Plutôt que de livrer ses murs,
Et donné sa chute féconde
Pour exemple aux vengeurs futurs,
Si, trahissant la vierge épique,
Un ordre, par Belfort maudit,
N'eût livré l'enceinte héroïque
Aux généraux du Roi bandit.

Nos vainqueurs en tremblent encore
Leurs mains n'osent la retenir,
Quand son patriotisme implore
La faveur de nous revenir.
Belfort est rendue à la France;
Belfort à jamais restera

Notre orgueil et notre espérance,
Belfort de nouveau s'écriera :

« En vain les Germains feraient rage
Contre les vieux murs de Belfort.
Belfort tiendra tête à l'orage,
Bravant leur impuissant effort.
Si leurs obus, chargés de poudre,
Ébranlent ses portes de fer,
Belfort a, pour lancer la foudre,
Le bras du colonel Denfert ! »

BITCHE

Comme les aigles dans leur aire,
Perchés sur le nid séculaire,
Où Bitche abrite ses petits,
Au sein du vent, parmi les trombes,
Germains, nous attendons vos bombes
Pour aiguiser nos appétits.

Lorsque vous avez vu de loin, entre les branches,
Ces murs gris, étagés jusques aux neiges blanches,
Vous avez ri bien haut de notre étrange orgueil;
Et vous vous êtes dit, Fracasses que vous êtes
        « Nous allons grimper sur ces crêtes,
            En un clin d'œil. »

Vous avez, pour gravir ces pentes escarpées,
Des pieds beaucoup trop plats, des jambes mal campées
La gymnastique est dure aux fils de Nuremberg.
Faits comme l'éléphant pour des poses coquettes,

Ils épouvantent tes fauvettes,
Vieil Heidelberg.

Et puis, ils ne sont pas adroits. A leurs moustaches,
Nous leur escamotons quatre convois de vaches,
Quand ils sont condamnés à la saucisse aux pois,
Et sans qu'ils aient su voir, de leur camp, autre chose
Que la flamme agréable et rose
De nos vieux toits.

Pour y voir s'entasser des festins délectables,
Nous dressons de nos mains, avec amour, des tables,
Où fument les ragoûts du matin jusqu'au soir.
Le vin pourra finir, mais, à la source claire,
On arrose un tel ordinaire
D'un peu d'espoir.

Quand nous n'aurons plus rien, nous serons mieux encore.
Nous avons entendu trottiner, dès l'aurore,
Et rongeotter la nuit les rats les plus dodus.
Rien n'est bon comme un rat bien frotté de chandelle,
Si ce n'est la souris femelle
Sautée au jus.

« Et le chien donc ! Le chien est l'agneau du zouave
Nous en avons deux cents, dont la chair est suave,
Et dont vous entendez les abois éloquents.
Ils préfèrent servir de beefsteak à la France,
A vous devoir leur délivrance.
Chiens conséquents!

Trois mois, six mois, un an. C'est un bail? — Qu'on le signe
Le fourrier, gentiment, pour nous tous égratigne
Le papier qui nous manque et qu'ainsi nous verrons.
Nous sommes, croyez-nous, de joyeux locataires;
    Mais, pour d'autres propriétaires,
      Nous resterons.

Faites rage; lancez le nitre et le pétrole.
Nous aimons, de si haut, suivre la parabole
Que décrit, en tombant, l'obus par vous stylé.
La nuit, cela nous sert de lampe et nous amuse.
    Les derniers, — votre poudre s'use!
      — Ont mal sifflé.

Pour nous désennuyer, proposez des charades.
Nous pouvons, à distance, être bons camarades;
Et, comme nous savons que vous êtes obtus,
Nous gageons volontiers, à notre jeu d'adresse,
    Les clefs de notre forteresse
      Contre un obus.

    Comme les aigles dans leur aire,
    Perchés sur le nid séculaire,
    Où Bitche abrite ses petits,
    Au sein du vent, parmi les trombes,
    Germains, nous attendons vos bombes
    Pour aiguiser nos appétits.

LA PAIX

Je condamne la paix, mais il faut qu'on la vote,
Au gré des insensés qui préfèrent encor
Le pays royaliste au pays patriote,
Et qui font bon marché de l'honneur et de l'or,
Quand il s'agit de rendre un peuple à l'esclavage.
Si nous ne cédions pas, pour acquérir le temps
De prouver à la France où nous conduit leur rage,
Elle serait, hélas! démembrée au printemps.
S'entendre avec la Prusse, en lui livrant nos villes,
Deviendrait le mot d'ordre; et, qui sait si, demain,
Nous pourrions triompher des discordes civiles,
Paris n'étant plus là pour nous prêter la main,
Depuis qu'on en a fait le gage de la honte.
Si nous nous égorgeons, cet hiver, entre nous,
C'est Berlin qui triomphe; et le bras qui nous dompte,
Excité par les Rois, ne retient plus ses coups.
La pauvre France, espoir du progrès sur la terre,

Doit, pour cette raison, subir encor la loi
De tous les intérêts que son sang désaltère,
De tous les lâches cœurs alarmés par sa foi.
S'ils n'osent en finir, c'est qu'ils attendent d'elle
Le motif qui leur manque, et que leur donnerait
La lutte fratricide à nos desseins mortelle,
Qui, si nous persistons, demain éclaterait.

La paix donc! Mais la paix pour eux. Pour nous, la trêv
Pour nous, le temps moral d'éclairer le pays.
Pour nous, l'heure qu'il faut au mourant qu'on relève,
Et qui reprend ses sens. Pour nous, les fiers trahis,
L'engagement formel de ressaisir nos armes,
Dès que nous en aurons fini sur notre sol,
Avec ceux qui nous ont vendus. Pour nous, les larmes
De rage et de douleur, tant que, sur notre col,
Pèsera le joug dur que le Germain nous forge.
Pour nous, la volonté dite en face au vainqueur
De lui plonger un jour notre main dans la gorge,
Afin d'en arracher ses poumons et son cœur.
La paix ainsi votée est à nos cœurs moins rude.
Le Germain la subit; le Germain doit savoir
Qu'elle n'est qu'un répit, et que sa promptitude
A la conclure, alors qu'il prétend tout pouvoir,
Trahit son épouvante et dément sa victoire.
Si le mortel cancer de la division
N'eût énervé nos sens, il n'aurait pas la gloire
D'obtenir cette paix qu'accorde le lion;

Et, de ces régiments de pillards faméliques,
Accourus pour nous mordre au cœur, pas un, demain,
N'eût, parmi les débris de leurs burgs germaniques,
De ses antres sanglants retrouvé le chemin.

LA COMMUNE

Tu le veux donc enfin, ô Muse impitoyable!
    Il me faut céder à tes vœux;
Il me faut aborder le terrain redoutable
    Où j'ai recueilli tant d'aveux.
Eh bien, sois satisfaite; et, puisque je dois dire
    L'origine de ces horreurs,
Ne contiens plus l'essor du courroux qui m'inspire;
    Gonfle mon sein de tes fureurs!
N'était-il pas d'ailleurs à la France outragée,
    Le sang que l'on a répandu?
En coulant de nouveau ne l'eût-il pas vengée?
    Et si Paris, mal défendu,
Ne l'a pas vu couler, du haut de ses murailles,
    Sur ceux qu'il fallait écraser,
Est-ce nous qu'au grand jour nos perdeurs de batailles
    Pourront jamais en accuser?

Depuis quatre-vingts ans, dans les veines du monde

C'est ce sang jeune et généreux
Qui, du cœur de la France, incessamment féconde
　　L'épanchement trop généreux ;
Depuis quatre-vingts ans, il affluait plus rouge
　　Vers le cœur aujourd'hui glacé,
Sous le sein dont la mort fait que plus rien ne bouge
　　Dans notre pays effacé ;
Et, lorsqu'il remontait vers ta large poitrine,
　　C'était pour pouvoir, ô Paris !
Allumer, en ton nom, dans l'artère latine
　　Le feu divin qu'il t'avait pris.

Trois fois, pour conquérir à la nouvelle idée
　　Le Continent européen,
Paris, croyant la France à vaincre décidée,
　　Fit un effort herculéen ;
Trois fois, la vieille Europe arma contre la France
　　Ses innombrables bataillons ;
Et Paris dut alors voiler son espérance
　　Avec ses drapeaux en haillons.
Mais, un jour, — oh ! combien l'aurore en était belle !
　　— La République renaquit,
Dans cette capitale, où la clarté nouvelle
　　Comme aux plus beaux temps resplendit ;
Et, pour donner, alors, la certitude au monde
　　De l'affranchissement prochain,
La République prit, dans sa droite féconde,
　　L'aigle d'or du vainqueur d'airain

Pourquoi, lorsque Dieu donne un grand homme à la terre

22

Afin qu'il en soit le pasteur,
N'en fait-il pas couper la branche héréditaire
Par son ange exterminateur?
Pourquoi, sous le pavois où le fier élu brille,
Le peuple, qui l'y fit monter,
N'a-t-il jamais encore écrasé sa famille,
Pour qu'on n'ait plus à la compter?
Pourquoi, chez les chrétiens, comme à Stamboul, les Princes,
Qui pourraient troubler l'avenir,
Ne sont-ils pas frappés, avant que les provinces
Aient pu songer à les bénir?
Pourquoi faut-il enfin que le peuple se croie
Compris dans la part de butin
Que laissent, après eux, aux leurs, comme une proie,
Les dominateurs du destin?

.   .   .   .

.   .   .   .

Il est au flanc des monts de lugubres génies
Dont l'esprit fatal se complaît
Au désolant aspect des longues agonies
Du voyageur qui les suivait.
Il croyait avec eux atteindre aux cimes blanches,
Sur la foi de leurs fiers propos,
Quand, soudain, il a vu bondir les avalanches
Et s'est senti briser les os.

.   .   .   .

.   .   .   .

Quelles voix ont tonné, du haut de ces tribunes
      Que la police construisait ?
Quels appuis ont créé les étranges fortunes
      Des tribuns dont on s'effrayait ?
D'où sont sortis ces gens, dont les bruyantes veilles
      Ont effrayé nos boulevards ?
Quel or payait le vin répandu des bouteilles
      Sur l'hermine des étendards ?
Qui créa les complots ? Qui mit un masque immonde
      Sur le front de la Liberté ?
Qui fit de la vertu l'épouvantail du monde
      Par cette promiscuité,
Et confondit enfin, par tant d'obscurs manéges,
      L'idée avec le fait brutal,
Qu'il fallait bien qu'un jour des flammes sacriléges
      Fussent le dénoûment fatal ?

. . . .
. . . .

Le voilà donc livré, le Paris héroïque,
      Aux excès qu'on a préparés.
Il a beau réclamer le pouvoir politique
      Dont les droits sont encor sacrés,
Ce pouvoir sans soldats l'abandonne à lui-même,
      . Ne trouvant pas de généraux
Qui veuillent conjurer une crise suprême,
      Propice aux plans impériaux.
L'Héroïsme n'a plus qu'à subir la Folie.
      — Cinq cent mille ouvriers sans pain

Peuvent-ils fuir le sol auquel la faim les lie,
  Avec leurs enfants à la main,
Et leurs femmes au bras, si nul ne les éclaire?
  —Un gouvernement s'est formé,
Comme tant d'autres fois, dans l'hôtel populaire
  Où d'Orléans fut proclamé.
Doit-il uniquement paraître illégitime
  A tous les pâles travailleurs,
Parce qu'il est imbu de leur pensée intime?
  D'autres, qu'on vit grandir ailleurs,
Sont nés tous les quinze ans dans le même édifice!
  Il est; il commande; il agit.
Obéir à ses lois, est-ce être son complice,
  Du moment où son bras régit
La Capitale, armé par un vote unanime?
  Qui va donc expliquer cela
Aux pères affamés, aux maris, dont le crime
  Est de s'écrier : « Nous voilà!
Si vous voulez nourrir nos enfants et nos femmes. »
  —Il nourrit; il arme; il combat;
On discute avec lui, donc il est. — Dans les flammes,
  Peut-on condamner le soldat
De suivre aveuglément le drapeau qu'on lui donne?
  Qui donc est venu se jeter
Entre les travailleurs et le canon qui tonne,
  Qui les somma de s'arrêter
Pour apprendre à la fin d'où venait la lumière?
  —Rien! Rien! Que le canon toujours;
Que la lutte partout sinistre et meurtrière;
  Que les nuits succédant aux jours

Avec la même ardeur à lancer la mitraille.
     S'expliquer n'est pas en finir.
Or, il faut en finir, avec cette canaille
     Qui veut aborder l'avenir
En soumettant les droits de l'or aux droits de l'homme ;
     Et, dans un assaut général,
On peut en massacrer un si grand nombre en somme
     Que la lutte n'est pas un mal.
— Donc, feu ! feu ! C'est Sedan qu'on venge et qu'on efface ;
     C'est Metz que l'on fait accepter ;
C'est Strasbourg, dont le nom était une menace
     Que tout ce bruit peut écarter ;
C'est cinq cent mille voix dans la flamme étouffées,
     Le désespoir justifiant,
Par des excès sans nom, de sinistres trophées ;
     C'est le pauvre peuple, expiant
Les crimes des voleurs, des lâches, et leurs hontes ;
     C'est enfin, ce qu'on veut surtout :
L'incendie éclatant pour apurer les comptes,
     Et faire disparaître tout !

La nuit sur tout cela ; mais qu'elle soit complète !
     Après Sedan, Metz et Strasbourg,
Ne venez pas, à ceux que votre main soufflette,
     Reprocher l'excès du faubourg.
La main du désespoir a tué les otages ?
     Vous avez armé cette main,
En nous déshonorant ; et, si la voix des âges
     Parle, pour condamner demain
Les hommes acharnés sur Thomas et Lecomte,

Croyez-vous qu'elle excuse alors
Ceux qui se sont vengés de leurs sept mois de honte
En remplissant Paris de morts?
Le pétrole a flambé dans nos palais superbes.
Aurait-il dévoré leurs toits,
Si l'on eût submergé sous ses brûlantes gerbes
Les Prussiens et les Bavarois;
Si Trochu, qui l'avait fait requérir lui-même
Pour en inonder le vainqueur,
Comme il l'avait juré, quand vint l'heure suprême,
De Palafox eût eu le cœur;
Et si Paris alors, au lieu d'être la proie
De l'anarchie et de la faim,
S'était aux yeux du monde immolé comme Troie,
Pour s'affirmer jusqu'à la fin?
Rossel a déserté? Soit! Mais, si l'on compare
Son fait au fait des maréchaux
Digérant à Cassel Sedan, qui ne s'égare
Et ne préfère à des rivaux
De Raguse l'enfant insensé mais sublime
Refusant leur impunité,
Et lui préférant tout, oui tout, même le crime,
Moins honteux que leur lâcheté?
Ferré, Rigault, Flourens, Vermorel, Delécluze,
Des maudits? Soit, c'est le moment!
Mais qui, devant la mort, ne cherchent pas d'excuse
Pour vivre malgré leur serment.
Des exaltés, des fous et des énergumènes,
Des mégères? Oui. Des voyous!
Mais ayant plus d'amour au cœur qu'ils n'ont de haines;

Mais qui, frappés en tas par vous,
Dans leurs convulsions ont assez d'énergie
Pour que du sol, jeté sur eux,
Leur main droite soudain, frissonnante et rougie,
Sorte et prenne à témoin les cieux!

Maintenant qu'ils sont morts, les soldats du délire,
Les amazones de la faim,
Pourra-t-on m'accuser de les plaindre, et de dire
Qu'ils méritaient une autre fin;
Que, si l'on n'eût jamais redouté leur armée
Plus que les soldats allemands,
La France n'aurait pas à gémir affamée
Sur tous ses chefs-d'œuvre fumants;
Que, sur les bataillons venus de Germanie
Pour nous piller et nous flétrir,
Il eût été fameux qu'un homme de génie
Les précipitât pour mourir;
Que, puisqu'ils ont lutté deux mois sur nos décombres
Sans avoir un chef digne d'eux,
Leurs bras auraient suffi pour transformer en ombres
Les envahisseurs de nos cieux;
Ou qu'eussent-ils enfin succombé sans victoire,
En mordant l'Allemagne au sein,
Mieux eût valu les perdre ainsi, couverts de gloire,
Qu'au sinistre son du tocsin;
Et que même ceux-là dont la main fratricide
A dû les frapper par devoir
N'ont pas anéanti sans deuil la chrysalide
De notre inaltérable espoir!

. . . .
. . . .

Reviens à toi, Paris! Comprenez son délire,
    Provinces dont il est l'enfant!
Confondez de nouveau, quand la patrie expire,
    Votre amour fier et triomphant!
Ces nombreux prisonniers qu'épargna ta colère,
    Versailles, interroge-les.
Tu sauras que le but où tendait leur misère
    Est le but où tu te complais.
Peuple, apprends de ceux-là que ta voix calomnie,
    Que ce qu'ils veulent comme toi,
C'est notre sol purgé, c'est l'Europe affranchie;
    C'est notre continent sans Roi.
Alors ils s'ouvriront, les cachots et les geôles!
    Alors au feu seront suivis
Les capitaines, fiers de jouer les seuls rôles
    Que n'abordent pas les bravis;
Alors, sans redouter de laisser derrière elle
    Un incendie encor plus grand,
La France pourra vaincre, où la haine l'appelle,
    Les bataillons du conquérant;
Alors les survivants des époques de haines,
    Dans les mêmes rangs confondus,
Reprendront leur essor vers les cimes sereines
    Dont hier ils sont descendus.

L'ORPHELIN

Vous avez fusillé mon père ;
Je suis l'enfant d'un communeux.
Ce matin, dans notre repaire,
Ma mère expirait sous mes yeux.
Sans pain, sans état, sans un homme
Qui de me protéger vous somme,
Je viens à vous, bien convaincu
Qu'avec les gens qui font justice
On doit apprendre à fuir le vice
Par l'exemple de leur vertu.

Si vous travaillez à m'instruire
Après m'avoir nourri, demain,
Mon esprit, dit-on, verra luire
La vérité sur son chemin ;
Mais, si votre voix s'exaspère
Contre la race de vipère
Éclose au nid du desespoir,

23

Qu'aurez-vous fait pour que les vôtres
Ne sentent pas la dent des nôtres
Les mordre au talon quelque soir?

Sur le grabat de la Roquette,
A la haine prédestiné,
Que voulez-vous que je promette
A ceux qui m'ont emprisonné,
Si, dégoûté de la science
Par la cruelle expérience
Que m'imposeront vos arrêts,
Je n'obtiens de vous que des juges
Ayant vu passer nos déluges,
Sans en pénétrer les secrets?

Je puis, à force de courage,
Éviter ce fatal début,
Rompre mon épaule à l'ouvrage,
Oublier même ce qui fut.
Quelle sera ma récompense,
Quand toujours votre loi dispense
La fortune aux mêmes heureux,
Sans rendre au travailleur hommage,
En affranchissant du chômage
Son bras docile et valeureux?

Quoi! vous auriez lancé vos bombes,
En vertu du droit du plus fort,
Pour vous endormir sur des tombes,

Sans redouter l'ouvrier mort
Comment faire croire à ses frères
Que, si nos ardentes bannières
Flottaient au souffle du succès,
Leur force, aujourd'hui notre crime,
Ne vous semblerait pas sublime,
Malgré ses coupables excès?

Il fut des temps encor plus sombres
Que les tristes temps d'aujourd'hui,
Où Dieu dut accueillir les ombres
De tous ceux qui croyaient en lui.
Ils laissaient aussi sur la terre,
Ces martyrs du nouveau mystère,
De jeunes enfants comme moi.
On les étrangla dans leurs langes.
Les siècles en ont fait des anges,
Et vous avez pour foi leur foi!

Elle a pu servir de prétexte,
La foi que mon père affirma,
A des insensés; mais le texte
Du nouvel Évangile est là!
Frappant ses serviteurs indignes,
Vous n'avez pu flétrir les signes
Auxquels on la reconnaît bien.
Elle n'en est pas moins sacrée
Pour ceux qui l'ont déshonorée
Que pour ceux qui ne lui sont rien.

Elle est ma plus sainte espérance.
C'est cette foi qui doit un jour
Rendre sa grandeur à la France,
Transformer la haine en amour.
C'est elle qui doit, à tout homme,
De ses droits assurer la somme :
Savoir, travail, repos, bonheur,
Et ne plus permettre sur terre
Qu'il faille employer le tonnerre
Pour que l'ordre y soit en honneur.

Plus clairvoyants que ne fut Rome,
Ouvrez votre âme à cette foi,
Avant qu'un autre Fils de l'homme
Ait formulé la jeune loi.
Délivré du pouvoir qui trompe,
Que l'Occident tout à coup rompe,
Au nom de vos propres succès,
Avec un passé que mon père
Crut combattre, quand, sur la terre,
Le coucha votre plomb français.

Alors, du sein de nos repaires,
Ne s'élèveront plus vers vous
Les plaintes des enfants sans pères,
Et des épouses sans époux.
Ceux-là mêmes dont la mort sombre
A, par malheur, grossi le nombre
Des victimes de l'inconnu,

Au bruit éclatant des trompettes,
Sortiront des fosses muettes
Pour acclamer le jour venu !

LA COLONNE

Quand à nos pieds il eut agenouillé l'Europe,
Napoléon vainqueur prit, dans sa large main,
Tout ce que sur les Rois maintenus en syncope
         La France avait conquis d'airain ;
Et, le précipitant dans la chaudière ardente,
Puis dans le moule altier, qu'il était, comme Dante,
         Allé ravir à l'idéal,
Il fit de cet airain la Colonne sublime,
Dont sa vaillante armée, escaladant la cime,
Couronna de ses traits le sommet triomphal !

Mais, voulant le punir d'avoir terni sa gloire,
En abaissant son rôle à celui d'Empereur,
Dieu, qui l'avait taillé grand homme pour l'Histoire,
         Vainquit à son tour le vainqueur.
Alors on mit au cou de la fière statue
Une corde de chanvre ; et, bientôt abattue,
         L'image de l'Imperator
Témoigna de nouveau que la gloire, fondée

Sur la force brutale et non pas sur l'idée,
Est vaine dans son but, comme dans son essor.

Seulement comme, au sein de l'Océan immense,
Cloué sur un rocher par le marteau d'un roi,
L'homme, de l'Empereur expia la démence
        Et confessa le nouveau droit,
Le peuple lui rendit son attitude vraie :
Celle du général, dont l'aspect seul effraie
        La féodalité d'hier,
Parce qu'il résuma, pour les maîtres du monde,
La Révolution magnifique et féconde,
Courbant leur majesté sous son niveau de fer.

Alors il reparut sur la Colonne épique,
Non plus comme un César opprimant son pays,
Mais comme le soldat de la France héroïque,
        Fidèle à ses destins trahis ;
Et son unique aspect suffit, sur la spirale,
Pour que, trente-trois ans après l'œuvre fatale
        Des Monarques coalisés,
Son neveu vît sortir de l'urne vengeresse
Le nom qui, nous plongeant dans une ardente ivresse,
Signifiait pour nous nos vœux réalisés.

.   .   .   .
.   .   .   .
.   .   .   .

        .   .   .   .

Il renversa bientôt du piédestal de bronze

L'homme béni de Dieu jusqu'en mil huit cent onze,
    Pour y replacer, triomphant,
Le Monarque·insensé dont la fausse noblesse
Avait jadis trahi, pour une Archiduchesse,
Le droit républicain dont il était l'enfant.

Ce Romain grelottant, ce n'était plus l'Empire,
Tel que de Sainte-Hélène il était revenu,
Ni le droit souverain pour lequel tout conspire,
    S'il doit en naître l'inconnu.
C'était le Conquérant orgueilleux et barbare,
Étouffant la voix libre avec une fanfare,
    Régnant au lieu de gouverner,
Redevenant l'égal de ceux qu'il devait vaincre,
Muselant ses sujets au lieu de les convaincre,
Se disant Jupiter, mais n'osant pas tonner.

Aussi, les soldats morts de notre ancienne guerre,
Rougissant de porter ce fantôme romain,
Laissèrent-ils, d'autour de la spirale fière,
    S'envoler leur âme d'airain ;
Et quand leurs survivants, venus des Invalides,
Aux jours heureux fêtés par tous ces intrépides,
    Virent le froid Imperator,
Des pleurs de désespoir coulèrent sur leur joue,
Comme du chêne atteint que l'aquilon secoue,
Par ses flancs entr'ouverts, tombe la séve encor.

Quant au peuple, il comprit que, du droit gigantesque,
Par son vote unanime imprudemment transmis,

L'héritier n'acceptait que le côté grotesque,
    Indifférent aux ennemis ;
Et, dès lors, il n'eut plus, pour le bronze sans âme,
Cet orgueilleux amour, dont la divine flamme
    Pouvait enfanter des héros,
Dédaignant de lever sa prunelle insoumise
Vers les genoux cagneux du César en chemise,
Dont l'artiste railleur avait courbé le dos.

Pendant que, délivré d'une mémoire austère,
Le Louvre devenait l'Hôtel des étrangers,
Que faisait, loin de nous, le vainqueur de la terre,
    A la veille de nos dangers ?
Il était relégué sur un rond-point infâme,
Où l'insulte montait chaque jour vers son âme
    Du seuil de quatre lupanars,
Et pouvait voir de loin son successeur éteindre,
Jusque dans le tombeau que l'injure eût dû craindre,
La lampe qu'abritait l'ombre des étendards.

. . . .

. . . .

S'il eût été là-haut, et non à Courbevoie,
L'homme que dans Berlin suivit notre aigle d'or,
Nous aurions d'Iéna su retrouver la voie
    Ouverte à son État-major ;
Ou si, vaincu, malgré son souvenir magique,
Nous avions dû tenter un effort héroïque,
    Contre le Germain condamné,

24

Nous aurions vu sortir de l'immense spirale
Les âmes des grands morts qui, dans la saturnale,
Ont fui l'autel sublime à nos yeux profané.

On la redressera, la Colonne sublime ;
On les rappellera, les cohortes d'airain ;
On reverra planer de nouveau sur sa cime
     Le général républicain !

. . . .
. . . .
. . . .
. . . .
. . . .
. . . .

SON HOMME

Mon homme est votre prisonnier.
Vous m'interrogez sur son compte?
Je l'ai connu dans un grenier.
Vous voyez, je n'en ai pas honte.
Nous étions orphelins tous deux,
Et, quand nos regards amoureux
Se sont croisés pour notre fête,
Son amour me fut un bienfait.
Je ne sais pas ce qu'il a fait,
Mais je sais qu'il était honnête!

Sans argent pour pouvoir bénir
L'union sous les toits conclue,
Il aurait pu vite en finir,
Si son âme était dissolue.
Un bel enfant, puis deux, puis trois,
Sur son cœur m'ont donné des droits
Qu'à revendiquer je suis prête.
Votre force n'a rien défait.

Je ne sais pas ce qu'il a fait,
Mais je sais qu'il était honnête !

Il partait avec le soleil,
Il rentrait avec la nuit noire.
Nous prenions sur notre sommeil
Le temps d'aimer, le temps de croire,
Le temps d'embrasser les enfants,
Dont nos quatre bras triomphants
Ont si souvent caché la tête,
Quand l'hiver sur les toits soufflait.
Je ne sais pas ce qu'il a fait,
Mais je sais qu'il était honnête !

Parfois nous étions affligés
De voir l'un de nous sans ouvrage ;
Mais, comme nous étions rangés,
L'épargne donnait du courage.
Vint un homme, qui nous apprit
Que la grève est un droit écrit
Dont doit user qui n'est pas bête ;
Et, comme le pain finissait...
Je ne sais pas ce qu'il a fait,
Mais je sais qu'il était honnête !

Quand nous avons su que Paris
Devait soutenir un long siége ;
Qu'avec nos trois enfants chéris,
Nous allions être pris au piége,
Il s'en est allé tous les jours,

Sans prononcer de grands discours.
La France, dit-on, était prête.
Nous chantions lorsqu'il revenait.
Je ne sais pas ce qu'il a fait,
Mais je sais qu'il était honnête !

Bientôt, nos trois enfants sont morts
De manger votre pain de paille.
Il n'en fut pas moins, sous les forts,
Réclamer sa part de mitraille.
Quand il rentrait, sur les berceaux
Où dormirent nos trois agneaux,
Il s'étendait comme une bête.
Seul, mon souffle le ranimait.
Je ne sais pas ce qu'il a fait,
Mais je sais qu'il était honnête !

Un jour... Oh ! cette fois, j'eus peur.
Il pleura ; mais c'était de rage.
« On nous ravissait notre honneur ! »
Disait-il d'un accent sauvage.
Paris, sans que nous fussions morts,
A l'ennemi rendait ses forts ;
La convention était prête.
Quel désespoir il en avait !
Je ne sais pas ce qu'il a fait,
Mais je sais qu'il était honnête !

Il fut s'atteler aux canons
Qu'on ne voulait pas laisser prendre :

Si vous cherchez parmi les noms
Des gens qu'on a vu les défendre,
Vous y verrez aussi le mien.
Ces canons, c'était notre bien.
Ai-je mal agi? Qu'on m'arrête!
Paris n'a pas été défait.
Je ne sais pas ce qu'il a fait,
Mais je sais qu'il était honnête!

Depuis, on dit qu'il s'est battu.
Eh bien! Ne faut-il pas qu'on mange?
Or, le travail étant perdu,
A commencé la lutte étrange.
« C'est le chaos, me disait-il,
En jetant le soir son fusil.
Nous avons tous perdu la tête.
La cause a provoqué l'effet. »
Je ne sais pas ce qu'il a fait,
Mais je sais qu'il était honnête!

Si, le jour où vous l'avez pris,
Vous avez permis à la France
De retrouver, dans nos débris,
Et la raison et l'espérance,
Vous avez bien fait de venir;
Mais, s'il n'était bon qu'à mourir,
Est-il utile qu'on l'arrête?
L'oubli, voilà ce qu'il fallait.
Je ne sais pas ce qu'il a fait,
Mais je sais qu'il était honnête!

Si vous me le rendez demain,
Que ferons-nous dans la mansarde?
Le propriétaire inhumain
Me prend jusqu'à la moindre harde.
Dites à mon homme qu'au loin
Nous pourrons braver le besoin,
Et qu'à travailler je suis prête;
Que c'est utile et juste en fait.
Je ne sais pas ce qu'il a fait,
Mais je sais qu'il était honnête!

A moins que vous n'ayez bientôt,
Pour une revanche suprême,
Le dessein de nous dire un mot
Qui nous rende tous à nous-même.
Alors, ne nous proscrivez pas.
Nous avons des dents et des bras;
Nous méritons d'être à la fête.
C'est elle avant tout qu'il voulait.
Je ne sais pas ce qu'il a fait,
Mais je sais qu'il était honnête!

.   .   .   .

.   .   .   .

Vous ouvrez la grande prison;
Vous armez de nouveau nos hommes;
Au nord a grondé le canon;
C'est la revanche, et nous en sommes!

Nous vous rendrons Metz et Strasbourg ;
Mais, hélas ! dans le vieux faubourg,
Un obus le frappe à la tête.
Il avait dit qu'il vous paierait
Le pardon de ce qu'il a fait.
Vous voyez qu'il était honnête !

LES OTAGES

On les a fusillés. C'est vrai. — Ce fut infâme !
    — Le Prélat, l'ancien sénateur,
Les prêtres, les soldats, aux lueurs de la flamme,
    Sont morts.

             — On dit que le Pasteur,
Avant de présenter aux balles sa poitrine,
    Et de bénir, sublime et fier,
Les sombres instruments de la fureur divine,
    Arrêta les yeux sur Jecker !

. . . .

Pendant que l'Archevêque, à l'aspect de la tombe,
    Rentrait enfin dans l'absolu,
Bonjean, soldat du droit qui sous nos yeux succombe,
    Dut convenir qu'on a voulu,
Préparé, secondé, hâté le cataclysme
    Dont il allait subir la loi,
Lorsque, faisant échec au vieux Catholicisme,

L'Autorité vainquit la Foi ;
Car les Sociétés sont de grands édifices.
Leur écroulement est certain,
Dès qu'à leur clef de voûte, au gré de ses caprices,
La force ose porter la main.

. . . .

. . . .

Le chaos est venu ; mais quelle en est la cause ?
Ce ne sont pas ces malheureux
Qui, les assassinant, font une apothéose
Aux hommes détestés par eux.
C'est Louis, à sa Cour imposant Lavallière ;
C'est Bossuet le Gallican,
Mettant un coin de plus dans l'Église de Pierre,
Le jour où sourit Montespan ;
C'est Dubois, flétrissant sa soutane écarlate
Dans la fange du lupanar ;
C'est Law et le Régent, sous qui la base éclate
Dès qu'à leur appel, le hasard
Remplace le principe et rit de la croyance ;
C'est Pompadour ; c'est Dubarry ;
C'est Louis Seize, aux siens livrant enfin la France
Où Voltaire a trop longtemps ri,
Et, lorsque le flot monte en grondant sur la berge,
Levant les écluses partout,
Pour que le flot n'ait plus d'obstacle, et nous submerge,
Sans laisser un phare debout.

Docile à toute main qui s'engage à refaire

En son nom la Société,
La France couronna le soldat populaire
    Qu'exaltait son anxiété.
Il pouvait tout pour elle ; il préféra tout être,
    Et se substituer à Dieu,
Qui, s'indignant alors d'en avoir fait un maître,
    L'enchaîna sur un roc de feu
Pour qu'il y réfléchît aux causes de sa chute.

    C'est alors que notre pays,
Brisé mais non vaincu par vingt-trois ans de lutte,
    Vit régner un nouveau Louis.
Sceptique couronné sur un trône sans bases,
    Ce monarque, cher aux Judas,
Se vengea, quand il prit pour favori De Cases,
    D'avoir dû condamner Blacas.
A sa mort, le salut était possible encore.
    Ce fut quand Charles Dix comprit
Que l'absolu peut seul, de la nuit vers l'aurore,
    Diriger le vol de l'esprit,
Et des peuples, réglant la marche progressive,
    En en définissant le but,
Assurer aux États la force exécutive
    Dont toujours dépend leur salut.
Mais on ne refait pas, n'ayant que des épaves,
    Un esquif pouvant affronter
Le courant dont les flots n'ont pas connu d'entraves,
    Et qu'on ose en vain remonter.

Dix-huit ans la tempête, un moment contenue,

Grossit à l'horizon des temps,
S'accroissant chaque jour de la force inconnue
De nos égoïsmes latents,
Et du problême ardu qu'un peuple sans synthèse
Pose, en sombre logicien,
Au pouvoir hésitant qui sur ce peuple pèse,
Sans l'utiliser pour le bien.
La tempête éclata. Jusque dans ses entrailles
L'Europe tressaillit d'effroi
La cloche de la mort sonna les funérailles
Du Prêtre, du Juge et du Roi.
Tandis que, s'élançant, du sein de ses mystères
De douleur et de pauvreté,
Vers le soleil naissant dans les nouvelles sphères,
Le peuple implorait la clarté.

.   .   .   .

.   .   .   .

.   .   .   .

.   .   .   .

Que croyaient-ils servir ; que voulaient-ils défendre
Les soldats d'élite, qu'on vit,
A Sèvres, s'exposer, plutôt que de se rendre ?
Quelle idée à leur corps survit ?
Ils croyaient, ils voulaient rétablir la foi sainte,
Le patriotisme, le droit,
L'autorité, l'honneur, que trahissait la crainte,
La propriété, que l'effroi
Livrait, l'ordre troublé, la famille tremblante.

— Qu'est-ce que le peuple irrité
Croyait, voulait punir, quand sa fièvre brûlante
    Le poussait à l'atrocité ?
Il croyait, il voulait frapper dans les gendarmes
    Les plus serviles défenseurs
De ceux qui, sans se battre, ont déposé nos armes
    Aux pieds de nos envahisseurs ;
De ceux qui, dans les cœurs, ont éteint la croyance
    En insultant Dieu les premiers ;
De ceux qui, sans vertu comme sans prévoyance,
    Ont vendu, pour trente deniers,
La justice au plus riche et l'honneur au moins digne;
    De ceux qui n'ont pris le pouvoir
Que pour l'abandonner par leur faiblesse insigne
    Aux coups qu'il vient de recevoir ;
De ceux qui, se jouant de leur propre fortune,
    Ont pu, dans leur insanité,
Outrager la famille à leur vice importune,
    Condamner la propriété ;
De ceux enfin que Dieu, le vote, la naissance,
    Avaient oints d'un chrême sacré,
Et qui n'ont rien su faire, hélas ! de leur puissance
    Pour leur pays déshonoré !

. . . .
   . . . .
. . . .
   . . . .

LA PÉTROLEUSE

A l'étalage du marchand
Qu'ont enrichi de vains caprices,
Le portrait des reines du chant
Peut charmer les passants novices.
Qu'il s'y glisse même, parfois,
Auprès du gai profil des rois,
Celui de quelque racoleuse,
Cela ne saurait nous troubler ;
Mais, là, dans quel but étaler
Un visage de pétroleuse ?

Veut-on nous enseigner comment
La laideur naquit de la gêne,
Ou nous prouver ouvertement
Que la laideur produit la haine ?
Hélas ! hélas ! on ne saurait
Inspirer avec ce portrait
De l'horreur pour la pauvre femme.
Ne suffit-il pas de la voir,

Pour qu'à l'éclair de son œil noir
La pitié grandisse en notre âme?

Le voisinage est fait surtout
Pour troubler la pensée humaine
Vous vous étonnez, gens de goût,
Que son cœur distille la haine;
Et vous nous laissez comparer
Son image, qui fait pleurer,
A celle de la gourgandine;
Et vous nous donnez la raison
De la colère et du poison,
Qui la troublent dans sa famine!

Et vous montrez, entre les bras
De la funeste réprouvée,
Le fils, au regard louche et bas,
Dont elle est par vos lois privée.
Il dut poser, pour vous fournir
Une occasion de flétrir
Le louveteau comme la louve.
Que direz-vous, si quelque jour
Le fruit de ce sauvage amour
Vous extermine et vous réprouve?

Quel crime avait commis l'enfant
Pour le clouer à vos vitrines,
Auprès du profil triomphant
De vos déesses libertines
Son crime est de ne pas avoir,

Pour vous intéresser ce soir,
Une sœur qui soit votre amie,
Quand sa mère est un laideron,
Qui le berça dans un chaudron
Pour la honte et pour l'infamie!

Osez donc aujourd'hui, devant
Ce fils appuyé sur sa mère,
Condamner, comme auparavant,
La femme aux regards de chimère,
Sans avouer qu'un peu d'amour
Eût rendu beaux comme le jour
Des traits que le malheur déforme;
Sans conseiller à vos enfants
De prier pour les triomphants,
Dont le fardeau doit être énorme?

Il vous faut rendre compte à Dieu
Des lois funestes et bizarres
Qui font qu'étant sans feu ni lieu,
Les laideurs deviennent barbares;
Et qui permettent que, le jour
Où ces laideurs, contre l'amour
S'insurgent au sein des ténèbres,
On les expose aux yeux surpris,
Entre les splendides houris
De nos Trymalcions célèbres?

Aveuglés par la passion
Vous innocentez cette femme,

Lorsque votre dérision
La mêle à des filles sans âme.
C'est vous, vous! qui vous condamnez,
Quand, avec elle, vous traînez
L'enfant de ses entrailles fauves,
Au rang de ces autres martyrs,
Qui baisent, au sein des plaisirs,
Le marbre impur de vos fronts chauves!

RÉCONCILIATION

Ce qu'il faut obtenir, ce n'est pas l'amnistie,
Mais l'explication du grand malentendu
Qui de la France encor prolonge l'inertie.
C'est à tous, aujourd'hui, que le pardon est dû.
— Si nous sommes vaincus, c'est par l'antagonisme.
Les seul coupables sont ceux qui l'ont engendré,
Ceux qui, n'ayant de foi que dans leur égoïsme,
Croient, en nous divisant, leur pouvoir assuré.
Que le riche soit sourd, que le pauvre extermine,
Exaltant leur fureur, ils l'exploitent contre eux.
Qu'on s'explique au contraire, et bientôt se termine
Le combat, si longtemps attisé par leurs vœux.
Le riche doit aimer le Progrès plus encore
Que le pauvre; et jamais le pauvre n'a rêvé
De dépouiller des fruits d'un labeur qui l'honore
L'homme par le travail au bien-être arrivé.
Que l'un puisse acquérir; que l'autre en paix conserve
Que de s'unir toujours ils cherchent les moyens;
Que l'un soit l'action et l'autre la réserve:

La France a du bonheur pour tous ses citoyens,
Du jour où, sur son sol, plus rien ne les divise.
Le seul gouvernement digne de la sauver
Devra, sans hésiter, parler avec franchise
Au riche comme au pauvre, et non les dépraver.
Paris a cru marcher aussi droit que Versailles ;
Versailles a cru faire aussi bien que Paris ;
L'égoïsme rêvait des deux les funérailles,
Sachant qu'il ne pourrait dompter que leurs débris.
— Ce que doit le vainqueur au vaincu, c'est justice,
C'est-à-dire lumière et réparation.
Au vainqueur, le vaincu doit l'oubli du supplice,
Pour l'aider à refaire un pays d'action.
Mais ce que tous les deux ont besoin de comprendre,
C'est que le moindre fait, capable d'épaissir
L'antagonisme entre eux, a pour effet de rendre
Le pouvoir au passé qui nous veut asservir.
Qu'on fusille Rossel, cet égaré sublime ;
Et, demain, tous ceux-là qui poussent à sa mort
La représenteront au peuple comme un crime,
Pour que le peuple ému tente un nouvel effort.

.   .   .   .

.   .   .   .

.   .   .   .

.   .   .   .

Les parents, les amis des prisonniers qui souffrent
Sont autant d'instruments dans la nuit exploités,
Que leur malheur irrite, et qui, soudain, s'engouffrent
Dans le grand inconnu, par la haine emportés.
— Ils ont tué, brûlé, démoli, pillé même?...

Soit ! N'avait-on pas fait beaucoup plus sous leurs yeux ?
Et quand nos maréchaux ont la honte suprême
De survivre au désastre accompli devant eux ;
Quand le sol est livré ; quand Paris s'est vu vendre ;
Quand tous les officiers généraux n'ont marché
Que pour anéantir qui voulut se défendre ;
Quand notre antique honneur sur l'abîme est penché ;
Est-il bon, est-il juste, est-il utile, en somme,
De condamner des fous par la rage égarés,
Pour avoir vainement attendu que quelque homme
Profitât pour le bien de leurs élans sacrés ?
— Oubli pour le passé ; pour l'avenir lumière !
Car, si l'on doit venger demain chaque martyr,
L'hécatombe qu'on veut, loin d'être la dernière,
Ouvre une ère de sang dont on ne peut sortir.
S'il faut Rossel aux uns, il faut Bazaine aux autres ;
Trochu fit à Paris plus de mal que Ferré.
—Silence donc sur tout. Des temps comme les nôtres
N'absoudraient que le crime en frappant l'égaré !

. . . .
. . . .
. . . .
. . . .
. . . .
. . . .

PARALLELE

. . . .

. . . .

D'où vient qu'étant parti d'une origine obscure,
Modeste créateur du nom par lui porté,
Ce Vieillard, dans le temps, ait, contre sa nature,
    Grandi par la gloire escorté?
C'est que, lorsqu'un obstacle embarrassait sa route,
Sur son droit de le vaincre il n'avait aucun doute,
Traitant pour son pays ou de guerre ou de paix;
C'est que, se trompât-il, il contraignait à dire,
Fût-on son adversaire ou lui voulût-on nuire :
    « Son cœur est bien français! »

. . . .

. . . .

D'où vient qu'ayant déjà soixante-quinze années.
Sans avoir fait par tous accepter son mandat,

Ce Vieillard, affrontant les saisons étonnées,
Ait mieux combattu qu'un soldat ;
Qu'il ait sommé les Rois, convaincu les ministres,
Obtenu le respect de nos vainqueurs sinistres,
Imposé son bon sens, et fait voter la paix ?
C'est qu'en se dévouant à l'œuvre qu'il achève,
Chétif, il a montré, sous le fardeau qu'il lève,
La force du Français !

.   .   .   .

.   .   .   .

D'où vient que ce Vieillard, sans force souveraine,
Sans épée à la main, sans armée un moment,
Sûr de la terrasser, ait abordé la haine
Dont l'Empire fut l'aliment ?
C'est que, loin de pousser à la lutte lui-même,
Pour devoir la puissance au désordre suprême,
Il n'en avait jamais déchaîné les excès ;
C'est qu'il n'avait signé nul pacte avec les crimes ;
C'est qu'il songeait d'avance au salut des victimes,
Avec un cœur français !

.   .   .   .

.   .   .   .

D'où vient qu'ayant toujours servi la Monarchie,
Ce Vieillard se soit fait pour nous républicain ?
C'est qu'il entend laisser une terre affranchie
Et du désordre et du Germain ;

C'est que, ne voulant rien que le pays ne veuille,
Il sait que dans la force un peuple se recueille,
Dès que les prétendants chez lui n'ont plus d'accès;
Qu'il n'est pas d'union possible, pour la France,
Si vingt ambitions en troublent l'espérance;

      C'est qu'il est bien Français!

L'ANNIVERSAIRE.

Madame, c'est demain le triste anniversaire
De la mort de mon fils.— Mon pauvre cœur se serre !
— A l'église avec nous venez prier pour lui.
Il était mon orgueil ; il était mon appui.
Sa lèvre avait pour moi tout un vol d'espérances.
Je ne connaissais plus sur terre de souffrances,
Depuis que son regard pour mon âme avait lui.

Il n'était pas soldat. Étant fils d'une veuve,
Il n'avait pas voulu m'imposer cette épreuve ;
Mais quand il sut la France en péril, il marcha.
— Ce fut un jour affreux pour moi que ce jour-là !
— Seulement, il était si beau, si plein de flamme,
Qu'un rayon de soleil descendit dans mon âme,
Quand ma bouche tremblante au départ l'embrassa.

On le fit lieutenant de la garde mobile,
A Metz. — Quand, dans la rue, un régiment défile,
Dans tous les officiers mon cœur cherche à le voir

Tel qu'il fut ; car je n'ai pas même eu le pouvoir
De l'admirer avec des galons sur ses manches.
— L'hiver venait : l'hiver qui voit tomber les branches !
Et, tout bas, je pleurais, en attendant le soir.

Il n'est pas un Français qui n'ait maudit Bazaine.
Je ne comprenais pas qu'on eût pour lui de haine,
Quand je crus qu'il allait me rendre mon enfant.
C'était lâche ! Eh bien oui ! Mais quel cœur se défend
Contre ces choses-là ? L'existence chérie
De mon fils, c'était tout. Je n'avais de patrie
Que cet amour bercé par mon cœur triomphant.

— Une lettre arriva de Metz. — Son écriture,
Je l'eusse reconnue entre mille ; et j'assure
Que, même ayant encore un bandeau sur les yeux,
Je la reconnaîtrais, s'il m'écrivait des cieux !
L'enveloppe n'était pas de sa main ! Madame,
Je sentis dans mon sein comme un ruisseau de flamme
Il était prisonnier ?... blessé ?... blessé ! Tant mieux !

C'est horrible qu'une âme ait conçu de la joie
Sur un espoir pareil ; mais, pour que je le voie
Blessé dans ce moment, je donnerais encor
Tout ce que j'ai de vie et tout ce que j'ai d'or.
Il serait là, brisé, pâle, sans connaissance ;
Mais il y serait ! j'ai des mères la puissance,
Qui ranime l'enfant, leur unique trésor !

Prisonnier ! Je serais partie en Allemagne.

27

— Aux officiers, on laisse avoir une compagne ;
Et puis, mes cheveux blancs n'eussent-ils pas dit tout ?
Dès que ma main aurait pu le mettre debout,
Mon épaule à son bras eût servi de béquille.
Il aurait eu la croix, cette étoile qui brille,
Et qui fait respecter une mère partout !

— J'ouvris la lettre ! — Hélas ! il était mort, Madame !
Et je n'avais rien su, rien senti dans mon âme,
Quand la balle homicide avait percé son cœur.
Mort, sans un seul baiser de moi : dans la douleur ;
Dans la nuit ; dans l'effroi ; dans la pensée amère
Où flotte vainement un appel à la mère !
Lui, qui m'avait tant dit de l'attendre vainqueur !

— Venez demain, Madame, à l'église, où j'invite
Les amis de l'enfant. J'en sortirai maudite
Si Dieu ne comprend pas qu'une mère a le droit
D'anathématiser, lorsque son fils est froid
Dans la tombe, ceux-là qui l'y firent descendre.
Mais non, le ciel est juste, et le ciel va m'entendre :
Pour l'Allemagne et nous le monde est trop étroit !

— Vous connaissiez mon fils. Priez, vous, sans colère,
Comme il a dû prier, en mourant, pour sa mère.
Je ne veux pas prier ainsi. Sur le chemin,
Moi-même des vengeurs j'entends armer la main ;
Je veux... Mon Dieu ! les fils en tous lieux ont des mères !
Les douleurs de là-bas sont-elles moins amères
Que les douleurs d'ici ? — Venez, venez demain

LA BOUQUETIÈRE

Donc l'orgie a recommencé,
· Malgré la leçon éloquente !
Le Présent, comme le Passé,
Impose à ce pays blessé
Sa sénilité trop fréquente.
L'anarchie est debout encor,
Soufflant dans son funeste cor
Sur les débris de l'aigle d'or
· Qu'abattit la guerre étrangère ;
Mais le Grand Seize est toujours là ;
Et, sur l'escalier de gala,
Comme depuis vingt ans, voilà
Isabelle la bouquetière.

C'est dans l'espoir de ces ébats
Que la défense hier fut vaine.
Pourvu qu'on reprît ses repas,
Fallait-il, par de vains combats,

Venger l'Alsace et la Lorraine ?
Pourquoi déchaîner l'ouragan ?
On ne peut plus se battre un an,
Dès qu'on a le bout de ruban
Qu'on rêvait à sa boutonnière.
Silence à Rossel pour toujours :
Il faut aux filles de nos jours,
Pour embaumer leurs frais atours,
Isabelle la bouquetière.

Certes, on aurait pu lutter ;
Mais, quand grondait l'affreux orage,
Conduire au feu, pour l'écarter,
Des gens qui veulent exalter
Les droits de la vertu sauvage,
C'était compromettre à Paris
Le règne des jeux et des ris,
Le triomphe des favoris
De la piste et de la barrière.
Ne vaut-il pas mieux, après tout,
Traiter en hommes de bon goût,
Afin de retrouver debout
Isabelle la bouquetière ?

Ils n'en restent pas moins vaillants,
Bien qu'à la paix leur cœur sourie,
Et prêts, dans leurs soupers bruyants,
A prouver leurs exploits brillants
Aux courtisans de la patrie.

Pour qu'ils accablent, du balcon
De leur club, le pauvre garçon
Pris, en vengeant à sa façon
La honte de la France entière,
Tel général, par eux surfait,
Le traîne, avec un goût parfait,
Devant la porte où se refait
Isabelle la bouquetière.

On a fusillé le vaurien.
Gloire aux vainqueurs de l'anarchie !
Avec un peu d'or au Prussien,
Il ne reste à redouter rien,
Et la tisane est rafraîchie.
Allons, rentrez, belle Cora,
Chantez, aimable Thérésa,
Venez aussi dans l'ombre, çà,
Ma belle Ambassadrice fière ;
Franchissez d'un bond le détroit,
Prince qui serez bientôt Roi,
Pour lutiner, c'est votre droit,
Isabelle la bouquetière.

Dans leur outrageante impudeur
Ils n'ont oublié qu'une chose,
C'est que, si l'or est un vainqueur,
Devant lequel notre malheur
Doit encor voiler notre cause,
L'or ne peut arrêter le temps,

Penché sur les plus éclatants,
Qui s'entrechoquent hésitants
Dans les salons pleins de lumière.
L'héroïsme s'est écarté ;
Mais leur front reste souffleté.
Qu'y pourront les fleurs, cet été,
D'Isabelle la bouquetière ?

Incessamment régénéré
Par une immortelle jeunesse,
Le peuple est déjà préparé,
Dans son ombre, au combat sacré
Qu'a fui leur précoce vieillesse.
Flétris par les baisers du soir,
Ils n'ont plus, sous leur habit noir,
Qu'un cœur sevré de tout espoir ;
Déjà clignotte leur paupière ;
Et c'est pour leur enterrement
Que, sous ses gros doigts, lentement,
Groupe les fleurs artistement
Isabelle la bouquetière.

Contre la matière aguerri,
Par une âme qui l'en dégage,
L'homme, que le joug a mûri,
Redresse enfin son front meurtri
Vers le Dieu dont il est l'image.
Demain, il aura retrouvé,
Avec le courage éprouvé,

Le mâle amour qu'ont réprouvé
Des négateurs de la lumière ;
Et, sur le revers du trottoir,
Le vent qui doit souffler ce soir
Nous permettra de ne plus voir
Isabelle la bouquetière !

LE DRAPEAU BLANC

Oui, vous avez raison, fils aîné de l'Église,
De ne pas déserter votre orgueilleux drapeau;
Et de ne pas vouloir qu'un autre, quoi qu'il dise,
Si vous êtes le Roi, couvre votre tombeau.
Seulement, quand on aime un pays qui succombe,
Ce qu'il faut tout d'abord empêcher, c'est qu'il tombe,
Sans lui dire à quel prix dans l'arène on descend.
Si vous voulez régner, commencez par vous battre,
Comme l'eût fait hier votre aïeul Henri Quatre :
Gardez votre drapeau, mais versez votre sang !

On ne discute pas un homme, s'il commence
Par mettre pour enjeu sa vie, et si sa main,
Devançant sa parole, apporte la semence,
Afin que la moisson mûrisse dès demain.
Avant d'aller à Reims déployer sa bannière,
Les Anglais, dont plus tard elle fut prisonnière,
Virent Jeanne insulter à leur bras menaçant,
Sans avoir à la France imposé dans son zèle

D'autre condition que de mourir pour elle :
Gardez votre drapeau, mais versez votre sang !

Pour vaincre à Marignan, pour tomber à Pavie,
François Premier jamais n'eût parlé de choisir
Le drapeau sous lequel il exposa sa vie,
Du moment où sa main avait pu le saisir.
Pour entraîner la foule et s'en faire une escorte,
La valeur d'un drapeau dépend de qui le porte.
Qui ne le déplia le maintient impuissant.
Au bras qui n'agit pas, à quoi sert une épée ?
La main comme le glaive est chez les preux trempée :
Gardez votre drapeau, mais versez votre sang !

Il faut qu'à son secours le pays vous appelle,
Alors que sur le sol il tombe évanoui ;
Et, quand il se débat sous l'atteinte mortelle,
Vous prétendez encor discuter avec lui ?
Rappelez au pays que la douleur l'affole,
Qu'il a besoin d'un Chef, non d'un maître d'école.
Il se noie, et voilà qu'à ce péril pressant
Vous opposez l'orgueil de votre couleur blanche.
Ce n'est pas un discours qu'il faut, c'est une branche :
Gardez votre drapeau, mais versez votre sang !

C'est que peu vous importe, à vous, comme à tant d'autres,
Que le pays résiste aux efforts du torrent.
Plus Dieu condamnera des temps comme les nôtres,
Plus vos droits seront fiers et votre règne grand.
Vous ne voulez pas être un vengeur qu'on acclame !

Vous voulez demeurer le maître qu'on réclame ;
Vous voyez des leçons dans le malheur récent,
Au lieu d'y reconnaître une occasion sainte
D'arracher à jamais votre peuple à la crainte :
Gardez votre drapeau, mais versez votre sang !

Vos Bretons, cependant, vous ont donné l'exemple.
Dès que de nos revers le cours a commencé,
Ils ne nous ont parlé ni du Roi ni du temple ;
Et gaîment à la mort chacun s'est élancé.
Leur a-t-on arraché la croix de leurs ancêtres ?
Les a-t-on empêchés de vénérer leurs prêtres ?
N'ont-ils pu nous jeter votre nom en passant ?
Nos dictateurs, émus de voir leur héroïsme,
N'ont vu de leurs élans que le patriotisme :
Gardez votre drapeau, mais versez votre sang !

Cessez d'être le Roi, s'il le faut, pour mieux l'être !
Croyez-vous qu'on vous eût chassé de n'importe où,
Si les plus exaltés, en vous voyant paraître,
Le fusil sur l'épaule et l'humble sac au cou,
Eussent été contraints de respecter le brave ?
Le peuple que l'on aide à cesser d'être esclave,
Du concours qu'on lui donne est trop reconnaissant
Pour songer à flétrir la couleur qui le sauve.
Le blanc convient au deuil aussi bien que le mauve :
Gardez votre drapeau, mais versez votre sang !

Non, vous ne voulez pas avoir cette énergie.
Le pays est aux Rois ; ils ne sont pas à lui !

Seule, ayant à son front le bonnet de Phrygie,
La République vient à la France aujourd'hui.
C'est vous qui l'aurez faite, en la laissant vous prendre
Le droit que vous disiez avoir de nous défendre,
Et qu'abdique aujourd'hui votre choix menaçant.
Lorsque vous l'aurez bien rendue indiscutable,
Vous viendrez, en sujet, vous asseoir à sa table :
Gardez votre drapeau, mais versez votre sang !

LE CLOCHER

Metz n'a jamais été prise.
Aussi, sur le vieux clocher
De sa plus ancienne église,
Le Germain n'ose empêcher
Que le drapeau tricolore,
Comme un défi, flotte encore,
Arc en ciel de l'avenir ;
Qu'à cet aspect qui le grise
Tout Français ému ne dise :
« L'heure va bientôt venir ! »

Dans le soleil, sous la pluie,
Cet espoir des attristés,
Contraste avec la furie
De nos vainqueurs irrités.
Maintenant, pour le descendre,
Ils ont à qui veut les prendre
Fait entrevoir des trésors.
Aucun n'y touche ; et les femmes

Disent du fond de leurs âmes :
« Salut au linceul des morts ! »

Il affirme, sur la flèche
Du monument vénéré,
Que jamais, par une brèche,
Frédéric ne fût entré ;
Que Metz est toujours pucelle ;
Que la vierge est encor telle,
Qu'on l'ait mise aux fers ou non ;
Et les enfants qui le voient,
De leurs mains roses envoient
Des baisers au vieux pennon.

Qu'un traître ce soir y touche,
Et le traître aura vécu.
Est-il gardien plus farouche
De notre honneur invaincu
Qu'une ville résolue
A ne pas perdre de vue
Le drapeau cher à son cœur ;
Qu'une cité, dans laquelle
Le vieux au jeune rappelle
Qu'elle est encor sans vainqueur ?

La bannière menaçante
Flottera sur le Messin
Jusqu'au jour où, frémissante,
Metz nous rouvrira son sein ;
Jusqu'au jour où ses murailles

Laisseront par leurs entailles
Fuir les Germains demi-nus;
Jusques à l'heure où ses filles
Souriront, dans leurs familles,
A nos héros revenus.

L'IMPÉRATRICE

Le respect des enfants et le respect des femmes
Est le gage certain de la virilité.
Quand ils sont exilés, quand Dieu courbe leurs âmes
           Sous le vent de l'indignité,
La faute en est à l'homme ; et, s'il veut s'en défendre,
Il demeure au-dessous même d'un tel malheur :
C'est par sa promptitude et son orgueil à prendre
Tous les malheurs sur lui que s'affirme son cœur.

Plaignons donc cette femme à l'exil condamnée,
Qui pensa réunir dans son ventre fécond
Le sang fier des héros dont sa noblesse est née
           Au vrai sang de Napoléon ;
. . . .
. . . .
. . . .
. . . .

Elle n'a pas lutté pour garder sa couronne.

Qui sait quel sentiment la fit alors partir?
Peut-être que la femme, aussi fière que bonne,
    Défaillit pour ne pas rougir;
Peut-être que, jaugeant son entourage intime
A la juste valeur qu'à nos regards il eut,
Elle ne voulut pas l'exposer, lors du crime,
A se montrer plus lâche encor qu'il ne le fut.

Elle a pleuré sur nous, fait des vœux pour nos armes;
Elle a prié les Rois, exalté les tribuns;
Elle a, pendant six mois, répandu tant de larmes
    Que ses yeux sont devenus bruns;
Elle a des Allemands repoussé les avances,
Maintenu son enfant dans l'amour de nos preux,
De Bazaine dix fois repoussé les instances,
Et de son fils au moins respecté les aïeux.

Qu'elle jouisse en paix de cette renommée!

  . . . .
  . . . .
  . . . .
  . . . .
  . . . .
  . . . .
  . . . .

LES CLOCHES

Quand, de collines en collines,
Sur la rive gauche du Rhin,
La voix des cloches argentines
Chante l'Angelus du matin,
Les sentinelles allemandes
Frappent le sol de leur pied lourd,
Tandis que, souriant au jour
Qui doit exaucer leurs demandes,
Les Alsaciens sentent leur cœur
Dans leur poitrine bondir d'aises,
Ces cloches disant au vainqueur,
« Nous sommes des cloches françaises ! »

Quand, à midi, les cloches saintes
Ont fait suspendre le travail
Et que, dans les forges éteintes,
La main noire a laissé le rail,
Autant les soldats de Bavière,
A ce chant de l'airain bénit,

29

Laissent, dans un juron maudit,
S'exhaler leur sourde colère,
Autant les ouvriers joyeux
Regagnent en paix leurs fournaises,
Ces cloches répétant aux cieux :
« Nous sommes des cloches françaises ! »

Quand les cloches ont, à la brune,
Fait entendre leur pur accent ;
Qu'autour de la table commune
L'aïeul se lève en bénissant,
Le lourd hobereau germanique
Écrase sa pipe du poing,
Tandis que, prenant à témoin,
Le Dieu qu'exalte leur cantique
Les femmes voudraient, à l'instant,
Du bûcher rallumer les braises,
Au son des cloches répétant :
« Nous sommes des cloches françaises ! »

Quand le dimanche, de l'aurore
Au soleil couché, l'on entend
Les cloches caresser encore
L'airain sacré de leur battant,
L'Allemagne, sur l'autre rive,
Éclate en transports furieux ;
Mais on entend monter aux cieux
Une voix commémorative ;
Mais sous les regards du vainqueur,
Se préparent d'autres genèses,

Ces cloches redisant en chœur,
« Nous sommes des cloches françaises ! »

En vain ils voudront que ces cloches
A tous les échos alsaciens,
Dans les vallons et dans les roches,
Ne portent que des sons prussiens.
Sur le berceau, sur l'hyménée,
Sur la mort, ce dernier espoir,
Le matin, à midi, le soir,
Le dimanche dans la journée,
Dussent-elles des Allemands
Centupler les ardeurs mauvaises,
Elles rediront dans leurs chants :
» Nous sommes des cloches françaises ! »

LES D'ORLÉANS

Aux plaines de l'azur éclatant de lumière,
Le soleil radieux, poursuivant sa carrière,
Lançait, en s'élevant, sa gerbe de rayons;
Et l'espoir, souriant au seuil des Tuileries,
Paraissait en avoir écarté les furies
    Sans réveiller des bataillons.

Devant le vieux palais stationne, élégante,
Une calèche vide. A l'allure fringante
Des chevaux qu'un jockey se lasse à contenir,
On devine aisément qu'elle attend un jeune homme.
Il paraît, adoré du peuple qui le nomme,
    Fier de vivre, et sûr de jouir!

Chose étrange, il est Prince; et, pourtant, de sa joie
Nul ne semble jaloux, quand son sourire noie
Pour tous, dans un regard, l'éclair de son œil bleu;
Quand, agitant sa main vers la foule accourue,

Avant de s'élancer, du geste il la salue,
  Comme ferait un demi-dieu.

C'est qu'il est brave et bon ; c'est qu'il aime la France
Pour elle, et non pour ceux dont il est l'espérance ;
Qu'il en héritera, lui, sans avoir pris part
Aux crimes accomplis pour qu'il en soit le maître ;
C'est qu'il serait son Roi, Dieu ne l'eût-il fait naître
  Que dans les langes du hasard.

C'est qu'il eût répandu son sang pour la défendre ;
C'est qu'il aime les arts ; c'est qu'il adore entendre
Les poëtes épris de la gloire et du beau ;
C'est que toute Française a foi dans son étoile,
C'est qu'enfin la Fortune a retiré son voile
  Pour l'embrasser dans son berceau.

        Dieu seul est-il donc plus sévère
        Que tous les hommes à la fois,
        Puisqu'il n'atteint, dans sa colère,
        Que des victimes de son choix ;
        Puisqu'il arrête, dans leur route,
        Voulant que nul de lui ne doute,
        Et que l'humanité redoute
        Son implacable volonté,
        Les fils des puissants qu'il châtie,
        Afin de punir dans leur vie

Ceux dont l'âme coupable expie
Le crime qu'ils ont escompté?

La calèche du prince vole
Sur le plus large des chemins,
Où la course peut être folle
Sans avoir d'affreux lendemains,
Car jamais, sur cette chaussée,
Une calèche ainsi lancée,
Par un obstacle renversée,
Ne fit payer ses bonds trop cher.
Mais, hélas! pour changer la face
D'un monde éblouissant l'espace,
Que faut-il à Dieu qui l'efface?
Un atome errant dans l'éther.

— « Voici Neuilly; voici ma mère! »
Exclame le Prince déjà.
— La sainte femme est bien sévère
Pour l'enfant; mais, quand il s'en va,
Ce sont des tendresses naïves,
A tout éloignement rétives,
Et se prodiguant aussi vives,
Pour un adieu de quelques jours,
Que s'il s'agissait d'un voyage
Pouvant alarmer le courage
D'un cœur jusqu'alors sans orage
Dans ses maternelles amours.

Tout à coup, les chevaux rapides

Ont tressailli de tout leur corps ;
Et, sur ses étriers solides,
Le jockey redouble d'efforts.
C'est là l'épouvante soudaine
Qu'invoqua Thésée, en sa haine,
Contre l'enfant que Théramène
Reçut dans ses bras expirant ;
C'est là le rien qui trouble un monde,
L'atome que la main féconde
A, de l'immensité profonde,
Lancé vers l'homme triomphant.

Le prince est brave ; il saute à terre.
Cent fois, il eût ainsi sauté
Sans rebondir sur la poussière,
Si ses talons n'eussent porté.
Mais Dieu le veut : il faut qu'il tombe ;
Il faut qu'en une heure il succombe ;
Il faut qu'il emporte en sa tombe
La vanité de nos défis !
Son front est sanglant ; et sa lèvre,
Que contracte déjà la fièvre,
Confond les biens dont Dieu le sèvre
Dans ces mots : — « Ma femme et mon fils ! »

— Quand la mort eut ainsi moissonné sa récolte
Sur ce fatal chemin, baptisé la *Révolte*
Par la sombre fatalité,

Un cortége éloquent, dont les larmes amères,
Bien plus qu'au nôtre encor parlaient au cœur des mères,
Suivit le jeune corps par son âme quitté.

Un vieillard, soutenant une mère éperdue,
Vit-on sur eux planer, vengeur, dans l'étendue,
        Un autre enfant découronné,
S'ils suivent de leur fils la dépouille mortelle,
Est sacré pour la haine et respecté par elle :
Dieu demeure le seul qui n'ait pas pardonné.

Est-ce qu'il serait Dieu, s'il n'imposait l'exemple?
C'est parce qu'il est Dieu qu'il faut que l'on contemple
        Le vieillard et la mère en pleurs,
Marchant à pied, derrière une dépouille sainte,
Après avoir vu fuir, confiant et sans plainte,
Le Monarque jadis étouffé sous des fleurs.

Et ce n'est pas assez : il faudra voir encore,
Après le fils éteint comme un beau météore
        Dans sa superbe ascension,
Le trône s'abîmant au sein d'un cataclysme,
Afin que le vieillard, dans son double égoïsme,
Subisse, avant sa mort, la loi du talion.

Sept ans après le deuil du fils, le deuil du trône!
Dans l'espace, le Roi n'a pas vu le cyclône
        Qui s'approche exterminateur ;
Mais, aux cieux, tout-à-coup, la tempête commence ;
Et l'orgueil est alors vaincu par la démence
Pour avoir méprisé l'avis du Créateur.

Après la calèche élégante,
Funeste à l'enfant condamné,
La voiture humble et décevante
Du vieillard à l'exil traîné ;
Après les larmes de la France
Qui, voyant s'enfuir l'espérance,
Sent renaître encor la souffrance
Dans son esprit et dans son cœur,
La colère de la patrie
Poussant une masse en furie
Contre la Royauté, flétrie
Par la main de l'usurpateur.

Puis, plus rien après, qu'un déluge
Au sein duquel a sombré tout :
Le soldat, le prêtre, le juge,
Laissant le peuple seul debout.
La famille la plus nombreuse
Qu'ait pu voir une mère heureuse
Grandir sous sa main généreuse,
Dispersée en moins d'un instant
Par le vent de la populace,
Qui précipite dans l'espace
Toutes les majestés qu'efface
La fureur d'un sort inconstant.

Comme la mort irrésistible,
Le flot des masses soulevé
Poursuit dans son cours invincible,
Le but que le peuple a rêvé.

30

Princes aux brillants uniformes,
Princesses aux charmantes formes,
Familiers aux ventres énormes,
Valets au front épouvanté,
Tout cède, s'abîme ou recule,
Au gré des bonds de cet Hercule,
Dont la puissance s'accumule
Lorsque l'on croit l'avoir dompté.

Deux jeunes d'Orléans pouvaient, on nous l'assure,
Résister à ce flot gonflé contre les leurs.
L'armée, à leurs accents, eût relevé l'injure
Faite, dans le Monarque, à ses saintes couleurs ;
Et, devant le drapeau déployé sur leur route,
On aurait vu soudain l'anarchie en déroute
        Reculer puis s'évanouir ;
Comme, au retour du calme, on voit la vague grise
Dans son lit orageux se dissoudre soumise,
L'horizon s'éclairer et la mer s'aplanir.

Ils ne le firent pas. Devant la République,
On les vit s'incliner en officiers loyaux,
Confesser hautement leur foi patriotique,
Et, des pleurs dans les yeux, embrasser nos drapeaux.
Ce fut bien, ce fut grand ; mais l'auraient-ils dû faire,
S'ils n'avaient reconnu que le droit populaire
        Est le seul droit à respecter,

Du moment où leur père a sapé dans sa base
Le droit que le passé de tout son poids écrase,
Depuis que sur le trône il l'osa contester?

En vain, pour réparer la faute paternelle,
Ils veulent remonter le courant aujourd'hui;
En vain le Chef nouveau de leur race en appelle
Au passé du présent, sans autre point d'appui
Que la négation de ce qu'il symbolise :
On ne reconstruit pas d'un mot, comme une église,
     L'esprit du Dieu qu'on en chassa;
Et tout accord tacite entre deux branches mortes
Contre les ouragans ne les rend pas plus fortes :
La stérilité règne où le crime passa

     Vingt ans, en face de l'Empire,
     Dégagés par lui, selon eux,
     Du fier espoir qui leur inspire
     Le respect constant de nos vœux,
     Les d'Orléans, sûrs de la perte
     D'un règne à se défendre inerte,
     Vers la chance à leur race offerte
     N'ont cessé d'étendre la main,
     Autorisant le monde à dire
     Que, si l'aigle française expire,
     C'est qu'ils ont mis à la détruire
     Tout ce qu'ils ont d'ardeur au sein.

Sous les atteintes de l'orage,
L'aigle ayant perdu son pouvoir,
Ont-ils donc osé davantage
Venir au gouvernail s'asseoir ?
L'occasion était propice ;
La Patrie était au supplice,
Prête à faire le sacrifice
De tous ses droits à son honneur.
Ils ont tout fait dans tes provinces,
Pour qu'aux Rois, France, tu revinsses ;
Mais qu'ont-ils tenté, comme Princes,
En face de l'envahisseur ?

Or, si leur jeunesse aguerrie
N'a pas saisi l'occasion,
Quand agonisait la Patrie,
D'affirmer leur ambition,
Peut-elle oser le faire, à l'heure
Où l'étranger chez nous demeure,
Où la France rugit et pleure
De n'avoir pu trouver de main
Pour saisir sa vaillante épée,
Et pour écrire une épopée
Dans cette Champagne occupée
Qu'il lui faut reprendre demain ?

Leur hésitation les condamne elle-même,
S'ils ne persistent pas toujours à s'abstenir.

Sans droit héréditaire au sacré diadême,
Ils n'en ont aucun autre à le pouvoir saisir,
Car, s'ils en avaient un, par le fait de le taire
A l'heure où leur pays fut près de succomber,
Dans l'oubli de nos cœurs que leur silence atterre
      Ne l'eussent-ils pas fait tomber?

Le trône est un mirage entraînant et funeste
Qu'on poursuit même alors qu'on l'écarte de soi.
Il fascine les yeux devant lesquels il reste.
Quand l'horizon est pur, c'est si beau d'être Roi,
Ou de s'échelonner sur les marches d'un trône,
En se disant tout bas qu'on est Prince du sang!
C'est si beau de pouvoir faire au peuple l'aumône
      De quelque rêve éblouissant!

Mais voici le revers sombre de la médaille:
L'enfant frappé par Dieu sur le chemin désert;
Le fiacre, fuyant vers Saint-Cloud, sans bataille;
Claremont, Twickenham et le vent pour concert;
— Ce dur vent de l'exil qui vous prend à la gorge!
— Puis, sur tous les degrés au trône conduisant,
L'ombre d'un Louis Seize innocent qu'on égorge,
      Ou d'un parrain agonisant!

     Fuyez, images vengeresses!
     Pourquoi désormais vous montrer?

De patriotiques ivresses
Ont enfin le don d'inspirer
Des ambitions plus sublimes.
Écartés des sombres abîmes,
Par l'exemple qu'a fait des crimes
Le Maître de l'éternité,
Français et non plus fils de France,
Les d'Orléans ont l'assurance
D'endormir encor l'espérance
Au bras de leur postérité.

Qu'ils affirment la République,
Sans vouloir accepter jamais
D'en troubler la légende épique
En escaladant ses sommets ;
Qu'ils ne veuillent accepter d'elle,
Si le sang de nouveau ruisselle,
D'autre titre à sa foi nouvelle
Que le titre de ses soldats ;
Qu'ils soient uniquement nos frères,
Et nos armes resteront fières
De voir briller, sous nos bannières,
Leurs fronts trempés pour les combats !

Ainsi le veut l'ombre adorée
De la victime de Neuilly,
L'ombre de sa veuve sacrée,
Dont le nom, toujours accueilli
Par l'amour de l'homme qui pense,
Prouve qu'il n'est de récompense,

Parmi celles que Dieu dispense,
Digne des grands cœurs ici-bas,
Que la foi qu'au peuple on inspire ;
Et qu'au monde, quand tout expire,
Elle reste l'unique Empire
Dont le règne ne finit pas !

L'ENFANT

Respectons les enfants, la réserve de Dieu,
Ce profond inconnu dans lequel nul ne plonge,
Cette réalité qui grandit dans un songe,
Et ne devient, hélas! tôt ou tard, le mensong:
     Qu'après avoir dû dire adieu
A des illusions que le bien seul prolonge.

Ayant cru trop souvent enchaîner l'avenir,
Par des liens charmants, à ces fleurs de nos fêtes,
Avons-nous bien le droit, à l'heure des tempêtes,
D'être pour les enfants de sinistres prophètes?
     Que ne peuvent-ils s'endormir,
Avant qu'aucun orage ait grondé dans leurs têtes!

JAMAIS

Alsacienne au triste sourire,
Je suis jeune, riche, officier ;
Je t'aime, et je voudrais écrire
Ton nom sur mon sabre d'acier.
La victoire m'a fait ton frère ;
L'amour me fera ton époux.
— Vous m'avez volée à ma mère ;
Je ne serai jamais à vous !

Ta mère ? Elle est là qui travaille,
Dans la maison, comme toujours.
J'aurais déserté la bataille,
Pour protéger hier ses jours.
S'il devait causer sa souffrance,
Ton aveu me serait moins doux.
— Ma mère aussi, c'était la France ;
Je ne serai jamais à vous !

La France   Mais, jeune insensée,

Qu'a-t-elle jamais fait pour toi?
Tu pouvais m'être fiancée,
Avant qu'elle eût bravé mon Roi.
Si nos armes lui sont fatales,
C'est que le ciel est avec nous.
— Mon père est tombé sous vos balles;
Je ne serai jamais à vous!

Cher à l'orpheline, à la veuve,
Je veux faire oublier demain
Les temps où, jusqu'à notre fleuve
La France osait porter la main.
Les Français ont poussé ton père,
Sans le défendre, sous nos coups.
— Il sera vengé par mon frère;
Je ne serai jamais à vous!

Oh! je guérirai ta démence.
Ton frère à mes vœux se rendra
Une autre ère pour vous commence.
Vos pleurs, ma main les essuiera.
Pour tresser ta couronne blanche,
Dis-lui qu'il accoure entre nous.
— Il est loin, jusqu'à la revanche.
Je ne serai jamais à vous!

Ah! Je comprends enfin ta haine!
Tu t'es promise à quelque fou,
Essayant de briser la chaîne
Que nous avons mise à son cou.

— Je ne suis promise à personne ;
Mais qu'un Français vous brave tous,
Et, ce soir, à lui je me donne.
Je ne serai jamais à vous !

Elle dit ; et, dans sa colère,
L'officier l'a frappée au sein.
— Merci ! Vous ne pouviez me plaire
Qu'en devenant mon assassin.
Implorant, pour creuser ma tombe,
Des bras de vous frapper jaloux,
Du moins, sur le sol où je tombe,
Je ne serai jamais à vous !

AU TRIBUN

Non, tu n'étais pas fou, tribun, quand ta voix haute
Affirmait que la France avait encor du sang ;
Quand tu restais debout, le dernier Argonaute
    De notre rêve éblouissant.
Non, tu n'étais pas fou, quand tu voulais combattre.
Tu comprenais, pour nous, dans ta lucidité,
Qu'en s'acharnant après l'arbre qu'il veut abattre,
L'homme contre le temps s'épuise à se débattre,
Et perd, à chaque coup, de sa virilité ;
Que, si la hache, un jour, s'est vainement baignée
Dans la séve de l'arbre, il reste dans les airs,
Tandis que l'homme, alors courbé sous la cognée,
S'en retourne essoufflé par les sentiers déserts,
Exposé, s'il revient pour attaquer le chêne,
A ce que le géant, s'abîmant sur son front,
Lui prouve que la mort, servant parfois la haine,
    Venge au moins du dernier affront.

Mais la France n'est pas le géant immobile,

N'ayant pour défenseur que son immensité.
C'est une épouse aux flancs larges. Ta foi virile
        Comptait sur sa fécondité.
Plus longtemps le Germain eût frappé cette épouse,
Plus il eût énervé lui-même sa vigueur,
Tandis qu'elle, de vaincre uniquement jalouse,
Aurait eu le sang-froid, comme en quatre-vingt-douze,
De demeurer debout, les deux mains sur le cœur,
Jusqu'à ce que ses fils, fatiguant la mort même,
Et renaissant toujours plus nombreux sous les coups,
Eussent bien fait leur part de la moisson suprême
Que l'honneur de la France attend encor de nous.
Qu'importaient la ruine, et la flamme, et les larmes,
Si, de ce million de pillards accouru,
Sur le sol germanique envahi par nos armes,
        Pas un seul n'avait reparu?

Énergique soutien d'une thèse héroïque,
Gambetta reste cher à la France aux abois.
Espoir de la jeunesse et de la République,
        Son nom tient en échec les Rois.
On blâme ses erreurs, ses fautes, ses licences?
Pour la France il voulut combattre jusqu'au bout,
Effrayer, au besoin, par des excès immenses
Le monde indifférent, exalter les démences
Jusques à la victoire ou bien mourir; c'est tout!
La patrie est restée une sublime folle,
Qui, le jour où la honte a souillé sa maison,
Demande au désespoir sa dernière auréole,
Considérant la paix comme une trahison.

Son exaltation, par Dieu même inspirée,
Finit par établir aux yeux de ses enfants
Qu'une mère ne doit expirer qu'entourée
        Ou de morts ou de triomphants.

Il fut homme, au moment où l'être était un crime.
En vain il se sentait digne de nous servir,
S'il n'eût pas évoqué l'ombre d'une victime,
        Quel vivant l'aurait fait grandir?
Cette ombre lui rendit service pour service.
Il l'avait défendue; elle lui fit voir clair.
Elle lui dit qu'aux temps où nous sommes, tout glisse,
Moins le peuple, qui cherche, altéré de justice,
Un puissant inconnu dont le mot est dans l'air;
Qu'il n'est rien aujourd'hui de grand qui ne chancelle:
Qu'il n'est plus aucun droit de soi-même certain;
Que l'Humanité sent que Dieu la renouvelle;
Que ses regards déjà volent au but atteint;
Qu'il faut du progrès seul pénétrer les arcanes,
Si l'on veut de l'erreur confondre les défis.
— Tout ce qu'un jour aussi Baudin me dit à Vannes,
        Quand il vint m'y nommer son fils!

Par le peuple porté sur les bancs de la Chambre,
Provoqua-t-il jamais ceux qui l'ont méconnu?
Ses discours, à leur gré, sentaient encor trop l'ambre.
        Qu'était, disaient-ils, devenu
Le tribun menaçant? Et, saisis du vertige
Qui pousse à leur tombeau les hommes condamnés,

Ils lui criaient bravo, quand poussant son quadrige
Sur leur front, il pouvait opérer le prodige
D'aiguillonner la chair de ces hallucinés.
Il les a renversés, disent-ils, en Septembre?
Mais sa poitrine était où ne fut pas la leur
Lui seul les défendit, quand ces fils de Décembre
Allaient à l'étranger dissimuler leur peur.
Il fallait qu'il s'abstînt! En effet, pour ces traîtres,
Plus tôt Paris eût fait ce qu'il a fait depuis,
Plus tôt ils auraient pu s'en rendre encor les maîtres,
     D'accord avec nos ennemis.

Ni fuir, ni s'abstenir est le rôle des hommes.
Il jeta ses trente ans à la face du sort;
Il voulut quelque chose; et, tous tant que nous sommes,
     Nous l'avons vu chercher le port.
Cinq cent mille soldats ont tenu la campagne,
Groupés par ses discours, animés par sa voix,
Dont nul des chefs n'a dit hier à l'Allemagne :
— « Menez-les labourer vos champs, la faim les gagne.
« Entre vaincre et mourir mieux vaut un autre choix. »
— Ceux qui ne sont pas morts en cherchant la victoire,
Restent impatients de la chercher encor.
Ils ont jeûné, dit-on, et marché vers la gloire,
Sans souliers, sans habits, sans armes, et sans or.
D'où vient donc que partout vote pour lui l'armée,
Et qu'au jour où Paris par son nom protesta,
Les bataillons lancés contre la ville aimée
     Comme elle, ont nommé Gambetta?

C'est qu'ayant applaudi ta généreuse ivresse,
Alors que nous devions vaincre encor l'étranger,
La France a pu, depuis, constater la sagesse
    Dont tu t'armes pour la venger.
Patient comme nous, de par la certitude
Où nous sommes déjà du sublime réveil,
Ta réserve te donne une telle attitude
Que ceux qui de ta perte avaient fait leur étude,
N'osent plus dans leur nuit obscurcir ton soleil.
Déférent au vieillard qui gouverne la France,
Tu ne te souviens plus qu'un jour il se trompa,
Pour ne voir qu'à son front s'arrêter l'espérance
Que le tien, si longtemps, en rêve caressa.
Présent réparateur d'un passé qui divise,
Tu veux que ce vieillard ait maintenant en main
La force de jeter les bases de l'Église
    Où ton Dieu règnera demain.

Le seul patriotisme aujourd'hui t'illumine.
Tu subordonnes tout à ce sentiment pur;
Tu sens qu'il faut brûler de sa flamme divine,
    Et que, pour marcher d'un pas sûr,
C'est au pays d'abord qu'on doit penser et croire.
Le pays est la base, et le Progrès le but;
Le Progrès est rétif au pays sans Histoire;
Le pays, qui ne veut que le Progrès sans gloire,
Commence un rêve d'or qu'il suspend au début.
La France a mission de racheter l'Europe.
Or, ce rachat ne peut avoir lieu de nos temps,
Sans que notre drapeau sur les fronts développe

Le magique arc en ciel de ses plis éclatants.
Donc, imitant Baudin, ne nous laissons pas dire
Que la France n'est rien, quand le Progrès est tout :
Le Progrès disparaît dès que la France expire ;
      Par elle seule il est debout.

La France est le flambeau. L'éteindre, c'est proscrire
La lumière du monde et la clarté des cieux.
La France est le moyen. La frapper, c'est détruire
      L'espoir dans son nid orgueilleux.
La France est le droit fier. La mutiler, c'est rendre
Le triomphe du peuple impossible autre part.
La France est le génie ; et la laisser descendre
Du rang où, l'ayant mise, il nous la faut défendre,
C'est priver l'univers de l'Idée et de l'Art.
Hors d'elle, République à la fin triomphante,
Tout redeviendrait nuit pour des siècles encor.
Il est besoin alors que son sein pur enfante
Des soldats, remplissant de bruit les clairons d'or,
Reportant sur le Rhin les faisceaux de Faidherbe,
Sur les Alpes les feux des tentes de Chanzy,
Et fauchant devant eux, comme une mauvaise herbe,
      Le terrain par le mal choisi.

Quand il sera venu, le jour de la colère ;
Quand à nous diviser nul ne songera plus ;
Quand le travail profond du vieillard tutélaire
      Aura groupé tous les élus ;
Quand nous aurons enfin, pour mère redoutable,
La République au corps de granit et d'airain ;

Quand, pour tous les Français, son règne indiscutable
Affirmera partout au peuple impitoyable
Qu'il n'est pas de salut sans les rives du Rhin,
Alors tu reprendras ton rôle magnifique,
Tribun. De tes hauteurs ta voix crira : — « Je viens ! »
Alors, sur tous les points du monde germanique,
Les hommes enchaînés briseront leurs liens.
N'ayant jamais douté de la terre promise,
Même lorsqu'on livra la France à l'ennemi,
Tu pourras avec nous, plus heureux que Moïse,
    La fouler de ton pied hardi !

AUTREFOIS

Autrefois, quand une fille
                Gentille
Voyait passer un soldat,
Son cœur, sous sa gorgerette
                Coquette,
Livrait au tulle un combat.

S'il en passe un à cette heure,
                On pleure ;
Et l'on détourne les yeux ;
Car, à son aspect, la honte
                Remonte
Des cœurs aux fronts soucieux.

.On ne voit plus d'Alsacienne,
                Qui vienne,
Laissant l'enfant endormi,
Entendre encor la retraite,

Et traite
Un soldat français d'ami?

Et pourtant, filles injustes,
Les bustes
De ces hommes ont un cœur.
Tous ont eu, dans la bataille,
La taille
Que doit avoir le vainqueur.

Ils n'ont pas été la cause,
Dont cause
Notre deuil au coin du feu.
Leurs yeux ont, comme vos charmes,
Des larmes,
Qui sont comprises de Dieu.

« Eh bien! répondent les filles
« Gentilles,
« Qu'ils exigent, devant nous,
« Qu'on les ramène aux frontières;
« Et, fières,
« Nous leur ferons les yeux doux.

« Mais tant qu'un porteur de sabre
« Se cabre,
« Devant nos yeux attristés,
« Sans songer à la Lorraine,
« La haine,
« Bout dans nos cœurs irrités.

« Car il faut avoir une âme
    « Sans flamme,
« Pour porter, ayant du cœur,
« Quand la France est occupée,
    « L'épée
« Avec des airs de vainqueur.

« Et si longtemps cela dûre,
    « Murmure
« Chaque fille avec fierté,
« Qu'on leur offre la quenouille
    « Que mouille
« Le doigt aux lèvres porté.

« Les maréchaux peuvent croire
    « La gloire
« Pour nous éteinte à jamais.
« Les soldats, c'est autre chose :
    « Leur cause
« Est celle du sol français

« Ils savent ce qu'il faut faire
    « Pour plaire
« A des filles de vingt ans
« Se battre et vaincre pour elles,
    « Si belles
« Au bras fier des triomphants !

« C'est alors, qu'à la retraite,
    « En tête,

« L'orgueilleux tambour major
« Pourra revoir l'Alsacienne
     « Chrétienne
« Marcher avec sa croix d'or ! »

ELLE

J'étais toute sa joie; eux toute sa fortune.
Aucun éclair d'amour, de sa prunelle brune,
Pour d'autres que pour nous, hélas! n'avait jailli;
Et, pour nous seuls, son cœur, pur comme sa belle âme,
Depuis l'heure où ma lèvre en alluma la flamme,
    Dans son sein avait tressailli.
— Son mari! Ses enfants! — Quand cette Cornélie,
Romaine par le cœur, chrétienne par la foi,
Se reposait en nous de la tâche accomplie,
A l'envie elle-même elle imposait sa loi.
Un cercle de respect grandissait autour d'elle,
Où chacun, la voyant se maintenir si belle,
Se montrait orgueilleux d'être à son tour admis.
Ceux-là que l'injustice eût faits mes adversaires,
Dans ce cercle embaumé par ses vertus sincères
N'ont eu qu'à pénétrer pour être mes amis.

Vous la rappelez-vous, artistes et poëtes,
Telle que, s'imposant au goût des plus coquettes

Elle vous accueillit lors de son dernier bal?
Son sourire, affrontant vos songes romanesques,
Du doux nid de corail de ses lèvres moresques,
    S'envolait vers vous triomphal.
Une aigrette, au milieu des fleurs de sa couronne,
Surgissait du flot noir de ses épais cheveux.
L'énergique fierté qu'exhalait sa personne
Ajoutait son prestige à l'éclair de ses yeux.
Sa tunique de crêpe avait des ampleurs chastes,
Dont sa jupe de pourpre, aux plis simples et vastes,
Relevait avec art l'éclatante blancheur.
Les femmes, par leurs sœurs si rarement absoutes,
Lui pardonnaient pourtant de les effacer toutes,
Au souvenir ému des beautés de son cœur.

— C'était le chant du cygne et l'adieu de la Reine !
— En la voyant ainsi régner en souveraine
Sur cette Cour d'amour, de bonheur et d'espoir,
Je me disais que Dieu bénissait mon automne,
Dans l'épi que, soudain, sa volonté moissonne,
    Au lendemain d'un si beau soir.
— Avant d'aller charmer votre foule accourue,
Elle avait consulté ses plus jeunes enfants;
Et n'était, au milieu des aînés, apparue
Qu'après une moisson de baisers triomphants.
De votre émotion elle se montrait fière;
Mais, le matin, à l'heure où monte la prière,
Du nid blanc des bébés un instant à genoux,
Quel autre orgueil germait dans son âme anoblie,
A s'entendre crier pareux : — « qu'elle est jolie ! »

A se baigner le cœur dans leur amour jaloux.

— Et je me souvenais de la rive lointaine
Où le proscrit, traînant sa fortune incertaine,
Vit un jour l'Espagnole une aumône à la main;
Des doux pleurs répandus sur cette main ouverte;
Du sourire, excusant alors l'aumône offerte,
      Des purs aveux du lendemain.
L'église de Majorque en garde la mémoire.
C'est devant son autel qu'ils ont charmé mon cœur.
N'était-il pas heureux d'avoir appris à croire,
Le vaincu dont la foi pouvait faire un vainqueur?
Depuis lors, dans la vie, à ses serments fidèle,
Ma compagne a marché, ma compagne réelle,
La femme qui des maux prend la plus large part,
Qui console, soutient, exalte, purifie,
Le conseiller discret, l'ange à qui l'on se fie,
L'étoile illuminant l'horizon du hasard!

Premiers jours nuptiaux d'amour et de misère,
Où l'existence était, malgré son poids, légère,
Pour me refaire heureux, qui me rendra vos maux?
Le pain assaisonné d'un pleur et d'un sourire,
La mantille étagée au front que l'on inspire,
      L'espoir, les soucis, les travaux,
Le doux tressaillement révélateur d'un ange,
La crainte d'en troubler l'essor victorieux,
La douleur, que sa voix en allégresse change,
Le sommeil des enfants paisible et glorieux!
Six, hélas! sont tombés! Six fleurs de sa couronne!

Lorsque je les rendais au ciel qui nous les donne,
Pouvais-je me douter qu'ils jonchaient le chemin
Où s'en irait leur mère aussi trop tôt partie,
Comme à la Fête-Dieu, devant la sainte Hostie,
Tombent, sans se faner, des branches de jasmin!

Je l'avais prise à l'Art; elle m'en fit l'apôtre.
Aurais-je vu briller, dans les regards d'une autre,
Les éclairs de la foi qui m'a tant soutenu?
Aurais-je traversé d'aussi rudes épreuves,
Si je n'étais sorti parfois des routes neuves
  Où son grand cœur m'a maintenu?
Née au soleil témoin des pleurs de Tarragone,
Elle ne crut jamais à l'Empire avec moi.
De mes illusions, que son ombre pardonne,
Sa loyauté sereine a rejeté la loi.
Cependant, quand l'orage éclata sur la France,
Quand elle vit partir, seule et sans espérance,
La femme dont l'éclat n'avait pu l'éblouir,
Cette grande infortune eut le don de la prendre.
—— « Le moment est venu, dit-elle, va défendre
« Ceux que tu n'as servis que pour t'en voir trahir! »

— Les enfants éloignés, l'époux en Angleterre,
Paris se referma sur la femme et la mère,
Gardant ce que pour eux elle avait amassé.
La Française en son cœur égala l'Espagnole;
La Charité ceignit son front d'une auréole :
  Le martyre avait commencé.
Le cercueil, où devaient aboutir ses souffrances,

Ne vous a-t-il pas dit ce qu'alors elle a fait ?
En y voyant briller la croix des ambulances,
La foule qui l'escorte a compris le bienfait.
Elle a pu, cette foule encore au sein blessée,
Dans Paris assiégé, revoir, par la pensée,
Les femmes excitant les hommes au combat,
Charmant leur agonie, essuyant leurs blessures,
Déplorant, au chevet des victimes obscures,
De ne pouvoir saisir le fusil du soldat !

— Du chevalet sanglant par la Paix relevée,
La France respira. — L'épouse retrouvée
Crut, en nous embrassant, avoir vaincu le sort.
En vain j'étais honteux d'avoir, barde stérile,
Tenté sur un cadavre une cure inutile,
     Elle m'ordonna d'être fort,
De renouer ma vie où je l'avais brisée,
Lorsqu'à la voix d'Hugo, croyant à son César,
De la Légende, hélas ! qu'il a divinisée.
Je suivis l'héritier dans la nuit du hasard.
— La gaieté des enfants, mon amour, son courage,
Tout nous refit un ciel dont, à jamais, l'orage,
Par la main du travail, paraissait écarté.
Le magnanime oubli du sauveur de la France
M'avait, comme au pays, redonné l'espérance.
J'allais vers l'avenir, par le bonheur porté.

— Triste fragilité des choses de la terre !
Vanité du miroir humain, qu'un souffle altère !
Dérision du sort qu'un seul éclair traduit !

La femme qui, la veille, attirait au théâtre
Les regards de chacun, et revenait folâtre,
  Les cheveux au vent, à minuit ;
La mère de famille, au matin réveillée,
Pour laver elle-même et vêtir les enfants ;
Le charme, la vertu, la tête ensoleillée,
La lèvre de corail, les yeux noirs triomphants,
En un jour, en une heure, en un instant, dans l'ombre,
Tout cela s'effaçant, comme le vaisseau sombre,
Comme le rayon passe ou la lueur s'éteint.
Avant que du péril on ait eu la pensée,
Le râle, envahissant la poitrine oppressée...
 — Est-ce là, de trente ans, mon Dieu, le but atteint ?

—Morte ! — Nul ne le crut d'abord, puis tous pleurèrent.
— « Morte ! si jeune encor ! si jeune ! » — s'écrièrent
Ceux même à qui son sort semblait indifférent.
Morte ! quand on croyait la voir encor sourire ;
Morte ! quand sur sa lèvre, ainsi que sur ma lyre,
  Son cœur était encor vibrant !
Morte ! en pleine moisson, par un été splendide,
— Tel un oiseau du sud à nous quitter trop prompt,
— Comme si le faucheur·éternel et rapide
Avec les épis mûrs eût confondu son front !
— Son cercueil disparut sous les fleurs. — Dans l'église,
La foule s'entassa, de sa mémoire éprise,
Pleurant d'entendre encor ses enfants l'appeler,
De voir sa Clémentine, aux bras de Madeleine,
Crier dans ces sanglots qui brisent l'âme humaine :
— « Maman, tu ne peux pas pour toujours t'en aller ! »

— Et je marchais, au pas du char couvert de roses,
Chancelant, terrassé. — Que la raison des choses
Est impuissante, hélas! à contenir les pleurs!
On dit qu'ils sont heureux, ceux-là qui la connaissent.
Dire pourquoi s'en vont les gens qui disparaissent,
    Ce n'est pas les rendre à nos cœurs.
— Je sais bien que ton corps est là, sous le suaire;
Je sais bien que ton souffle est à jamais éteint;
Je sais bien que ton front, si jaloux de me plaire,
Comme ta lèvre pure est maintenant déteint.
Mais, plus je sais, et plus mon âme se désole.
L'inconnu seul soutient; l'inconnu seul console!
L'inconnu seul nous laisse entrevoir le vrai port.
Que m'importe le fait, la cause, la matière,
Si j'en puis triompher avec une prière?
— **La Foi seule, ici-bas, fait échec à la mort!**

Pour d'autres que pour moi dans la mort tu sommeilles.
Pour moi, qui vois plus loin que la mort, tu t'éveilles,
Maîtresse du secret auquel tout aboutit.
Je te vois, du tombeau, monter, sereine et blanche,
Vers cette immensité, d'où l'Éternel s'épanche
    Jusqu'à l'infiniment petit.
— Tel, une étoile au front, et la robe flottante,
Au sein des cieux d'azur glisse l'Ange gardien,
Suivi dans son essor vers la clarté vivante
Par les regards, le cœur et les pas du chrétien;
Telle, à mon horizon écartant les nuages,
Tu glisseras ainsi, détournant les orages,
Sans qu'un instant mes yeux puissent ne plus t'y voir,

Sans qu'un instant mon cœur doute de tes prières,
Sans qu'un seul jour mes pas s'égarent aux ornières
Où s'en irait, sans toi, sombrer mon désespoir.

Ils te suivront, ainsi que moi, toute leur vie,
Les courageux enfants à qui Dieu t'a ravie.
Entouré de leurs bras, je m'appuierai sur eux,
Lorsque j'en aurai fait des hommes et des femmes,
Dignes de traverser notre époque de flammes,
        Sans jamais oublier les cieux.
Alors la mort sans doute, à ma voix attendrie,
Jugeant mon lourd devoir accompli jusqu'au bout,
Permettra qu'à mon tour, sur ta trace chérie,
J'aille me réveiller dans les bras du grand tout.
Mais si, dans ce moment, la volonté suprême,
Pour mes constants efforts, moins juste que toi-même,
Retardait le bonheur que tu m'auras gardé,
D'ici-bas, leurs sept voix me rendront témoignage ;
Car j'aurai tant soigné ce vivant héritage,
Que tout, selon ses vœux, devra m'être accordé !

EN ESPAGNE

Les mules de Saint-Sébastien
    Ont des grelots sonores.
Leur bruit, dit-on, chassa les Mores,
Au temps où l'on était chrétien,
      Tin ! Tin !
Dans les vallons, sur les montagnes,
    Ces grelots-là
    Tra la, la, la,
Chantent au sommet des Espagnes :
« Les Rois sont pour les Marocains ;
    « Soyons républicains. »

Les chevaux à l'amble mutin
    De notre Andalousie,
Balancent à leur fantaisie
Des grelots à leur front hautain,
      Tin ! Tin !
Quand sonne la trompette fière,

Ces grelots-fà
Tra la, la, la,
Demandent à partir en guerre,
Pour mieux aider à t'affranchir,
Charmant Guadalquivir.

Les béliers suivant le chemin
Qui mène à Barcelone,
Ont aussi leur grelot qui sonne
Dans la nuit, quand tout est éteint,
Tin! Tin !
Plus entêtés que ceux des mules,
Ces grelots-là,
Tra la, la, la,
Aux vieux échos des Camaldules
Disent qu'ils savent bien pourquoi
Il ne faut plus de Roi.

Les chèvres qui broutent le thym,
Où les Abencerrages
Sont rappelés aux jeunes âges
Par les voix de l'Albaycyn,
Tin! Tin !
Ont des grelots et des sonnettes.
Ces grelots-là
Tra la, la, la,
Et ces sonnettes, les coquettes,
Redisent : « S'il n'est Espagnol,
« Pas de Roi sur ce sol! »

Les ânes vont, chaque matin,
　　Dans la vieille Castille,
Les flancs battus par l'espadrille,
Au marché porter leur butin,
　　　Tin! Tin!
Ils ont au cou grelots et cloches.
　　　Ces grelots-là,
　　　Tra la, la, la,
Apprennent aux échos des roches
Qu'à Madrid il est du danger
　　　Pour un Prince étranger.

Ainsi donc, il est bien certain
　　Que, dans la brune Espagne
Tout ce qui gravit la montagne
Ou broute le plateau lointain,
　　　Tin! Tin!
A des grelots et des clochettes.
　　　Ces grelots-là,
　　　Tra la, la, la.
Jettent des notes indiscrètes
Pour mieux narguer le roitelet
　　　Qu'aucun d'eux n'appelait.

Si la cloche au son argentin,
　　Si la trompette folle
Parlent sur la terre espagnole
Presque la langue du tocsin,
　　　Tin! Tin!
Si les grelots de cuivre jaune,

Ces grelots-là
Tra la, la, la,
Ont de tels accents pour le trône,
Que doit donc penser un chrétien
Du Prince italien?

A DEUX VILLES

Qu'avez-vous fait, Lyon ; qu'avez-vous fait, Marseille,
Pendant que le pays luttait contre la mort?
Aujourd'hui que la France à l'honneur se réveille
Apprenez-lui quel fut votre héroïque effort !
Rien de plus éloquent n'est acquis à l'Histoire,
Pour caractériser la cause de nos maux,
Que ces discords auxquels échoua votre gloire,
Pendant que l'ouragan déchirait nos drapeaux.
N'essayez pas, en vain, de nier l'évidence;
Confessez-la plutôt pour la mieux méditer :
On s'est concilié déjà la Providence,
Lorsque de ses leçons on a su profiter.
— La Prusse avait ouvert la gorge de la France,
Dont le sang à ruisseaux coulait sur les chemins,
Lorsqu'au lieu de songer à notre délivrance,
Vos fils, entre eux, semblaient près d'en venir aux mains
Ne rien donner, tout prendre, était leur seul programme :
L'un voulait tout garder et l'autre tout avoir,
Sans songer que le vent soufflait dans l'oriflamme

Du lâche conquérant que nul ne voulait voir.
Il vint, il triompha, prit tout; et, pour sa joie,
Paris réalisa ce qu'il avait rêvé,
En devenant, hélas! une nouvelle Troie
Dont le vaste incendie est à peine achevé.
Nous aurait-on vaincus sans votre antagonisme?
Nous aurait-on brisés, si vos fils accourus,
Immolant leurs fureurs à leur patriotisme,
Avaient de nos soldats triplé les flots accrus?
En contenant l'essor des masses exaltées,
Qu'avez-vous épargné, stupides intérêts?
En alarmant l'esprit des castes irritées,
Imprudents, vous avez compromis le progrès.
Quoi! la France râlait; et les uns et les autres
N'ont pas vu que, d'abord, il fallait la sauver;
Qu'il manquait des soldats et non pas des apôtres;
Qu'on devait la défendre avant de conserver;
Que la Prusse en voulait autant à sa fortune
Qu'à son génie altier. Quoi! lorsque le danger
Ordonnait de s'unir pour la grandeur commune,
Entre soi l'on songeait encore à s'égorger!
Il faut vraiment que Dieu chérisse notre France
Pour qu'à tant d'égoïsme elle survive encor,
Et qu'elle ait à son front, ramenant l'espérance,
Conservé, malgré tout, son auréole d'or.

— O Marseille! O Lyon! O cités capitales!
Qu'indignes vous seriez du repos obtenu,
Si vous ne renonciez à ces luttes fatales
Entre le passé triste et le sombre inconnu.

C'est le Présent qu'il faut asseoir et rendre stable,
En acceptant d'hier l'héritage onéreux,
En rendant le pays, par l'union, capable
D'escompter l'avenir aux mains des malheureux.
La République seule est la mère féconde,
Qui pourra procéder au désirable accord
D'Abel, favorisé jusqu'ici dans ce monde,
Et de Caïn, troublé par la faim qui le tord.
Acceptez-la, prudente et pourtant généreuse,
Respectant le passé pour doter l'avenir,
Conservant sa splendeur à la fortune heureuse,
Abordant la misère et s'en faisant bénir.
A ces conditions, la revanche est certaine.
Ce soir, demain, sitôt que la France voudra ;
Et, dès que notre pied, de leur aigle germaine
Aura brisé le front, votre regard verra
L'horizon appeler les voiles décuplées
Qui de votre commerce auront servi l'essor :
L'Univers appartient à vos flottes ailées,
Dès que notre union aura dompté le sort !

LA LIQUIDATION

Oui, nous avons pendant vingt ans gagné de l'or,
    A le remuer à la pelle.
Oui, notre épargne fut l'insondable trésor
    Que le cynisme nous rappelle.
Oui, nous avons sué les milliards, ainsi
    Que la terre, en juin surmenée,
Sue, aux feux d'un soleil par l'orage obscurci,
    Les blés dont elle est couronnée.
Oui, le monde jaloux devait nous croire heureux,
    Ignorant notre état d'ivresse,
Quand Paris s'endormait dans les transports fiévreux
    De sa mensongère allégresse.
Et parce que, vingt ans, on nous a maintenus
    Dans cette erreur folle et profonde,
Qu'en faisant, sans calcul, ruisseler nos écus,
    Nous étions les maîtres du monde;
Qu'en livrant notre épargne aux griffes du hasard,
    Nous allions en être plus riches;
Qu'en dépensant beaucoup, nous avions trouvé l'art

Du joueur sûr de ses fétiches;
Qu'en doublant notre gain pour tripler nos débours,
  Nous faisions un négoce habile;
Qu'escomptant l'avenir au gré des plus hauts cours,
  Nous rendions le présent fertile,
On voudrait, quand grossit le déluge arrivé,
  Suspendre ses effets terribles,
Redonner le délire au pays éprouvé
  Par tant d'événements horribles;
Et nous faire oublier qu'on glissait au tombeau
  Sans ce réveil impitoyable,
Pour nous précipiter, aveuglés de nouveau,
  Sur une pente épouvantable!
—Nous nous y prêterions, qu'on ne le pourrait pas.

  Pour recommencer les orgies,
Il faut, ayant gardé les restes du repas,
  Qu'on en rallume les bougies.
Si le vin épuisé manque aux flancs du cristal,
  Si les Romains prennent Capoue,
Si le jour est venu, le jour sombre et fatal
  Dont la rude main nous secoue,
En vain on essaiera de rappeler, à ceux
  Qu'il convie au devoir sévère,
Les plaisirs qu'à minuit goûta leur cœur joyeux,
  Quand leur main caressait leur verre.
Les femmes auront beau, sur leur front convulsé,
  Tenter de retenir les roses,
Le fard, par la débauche à leur joue effacé,
  Ne masquera plus leurs chloroses;

Et les mêmes valets, qui, jusques au matin,
    Ont rampé comme des esclaves,
Devenus insolents, diront au libertin
    Qu'eux seuls ont droit sur ces épaves.

En vain donc, devançant, afin de le hâter,
    Le retour d'un règne impossible,
La spéculation prétend nous inviter
    Aux reliefs du festin terrible ;
Le jour est là, le jour plus sombre et plus fatal
    Pour le crime que pour l'orgie ;
La prime, sous son fard, vient de se trouver mal ;
    Et voici, la face rougie,
Que le report, valet hier si complaisant,
    Par son insolence soudaine,
Vous ordonne de fuir, de son geste écrasant,
    Devant la faillite prochaine.
Or, vous réussiriez, en fermant les rideaux,
    En tarissant le fond des verres,
En replaçant un jour sur ses sanglants tréteaux
    Le complice des nuits prospères,
A retarder encor le dénoûment certain,
    Que vous n'auriez fait que le rendre
Plus sûr, plus éloquent, plus cruel pour demain :
    Dans le chaos il faut descendre !
La coupe est bien tarie, et vous même n'avez,
    Malgré vos rapines célèbres,
Nul salut à prévoir de ce que vous rêvez :
    La terreur glace vos vertèbres.
Follement suspendus sur le gouffre entr'ouvert ;

     Déjà saisis par le vertige,
Vous comprenez que rien aujourd'hui ne vous sert
    De compter sur un vain prodige.
L'épargne, que l'impôt réveille, vient à vous
    Et vous dit :

               « Avant de reprendre
« Les affaires, voyons, au grand jour, entre nous,
    « Comment nous allons nous entendre.
« Votre heure me fit riche, et je le suis encor,
    « M'affirme votre décevance.
« — Voyons cette richesse ; et montrez au moins l'or
    « Dont ma main vous a fait l'avance.
« Je vois bien en Espagne, en Italie, au loin
    « La vapeur s'élancer féconde.
« De l'univers moderne il n'est pas un seul coin
    « Où ma trace ne soit profonde.
« Touchez les revenus, pour moi, de ces bienfaits.
    « Vous vous taisez ? — Quoi ! Rien, mes maîtres ?
« Quoi ! dans tous ces heureux qu'ailleurs vous avez faits
    « Je n'aurai trouvé que des traîtres ?
« — Ils parlent à ma voix, le Turc et l'Espagnol,
    « L'Égyptien que l'on torture,
« Le Maure de Tunis qu'on accuse de vol,
    « L'Italien que l'on pressure,
« L'Américain, honteux du Transcontinental,
    « Tous ceux enfin dont la main franche
« Presserait notre main, si, dans un but fatal,
    « Vous n'aviez dépouillé la branche
« Du fruit qu'elle portait, chez eux comme chez nous ;

        35

« Si, pour construire vos demeures,
« Si, pour vous procurer les songes les plus doux,
« Pour changer les siècles en heures,
« Pour tromper, énerver, corrompre, abâtardir
« La masse qui vous épouvante,
« Vous n'aviez absorbé, loin de nous enrichir,
» L'achat, le produit et la vente !

« — Donnez, donnez encor ! dites-vous ; et, bientôt,
« Nous vous rendrons tout au centuple.
« — Vous donner ? Quoi, d'abord ? Je n'ai plus rien. Ce
« Vous étonne ? Pas un quadruple.
« J'ai le papier brouillard que vous avez émis.
« Sa valeur quelque part existe.
« Il faut la retrouver. Je veux pour seuls amis
« Ceux dont la probité persiste

« A faire la clarté sur vos agissements.
« La loi, qui pour tous est égale,
« Revendique en mon nom ces féconds éléments
« Passés dans votre main fatale,
« Et que vous condamnez à l'immobilité.
« Vous me tendez en vain ce verre :
« Il fait grand jour, vous dis-je ; et, pour l'Humanité,
« Il passa, le temps du mystère

« Rien ne s'évanouit du gain accumulé :
« Tous les fleuves ont une source.
« Vainement sur l'oubli vous avez calculé,
« Il suspendra pour moi sa course.
« Vous avez absorbé, sans en rien retenir,
« Me dit-on, — ma fortune entière.
« Eh bien, il faut la rendre ; et je veux en finir,

« Sans tarder, en pleine lumière
« Vous avez fusillé; vous proscrivez encor
    « Des gens que la faim fit coupables;
« Et, lorsque vous m'avez volé, vous, tout mon or,
    « Vous resteriez inattaquables? »

— Non ! l'heure est arrivée, autant pour les voleurs
    Que pour ceux qu'on a vus se rendre.
Pereire a fait verser dans l'ombre autant de pleurs
    Que Bazaine en a fait répandre;
Tels banquiers à la France ont causé plus de maux
    Que Guillaume ou Bismarck lui-même;
Tels autres, en prenant nos derniers capitaux,
    Vont hâter la crise suprême.
C'est là qu'est l'ennemi de la société;
    C'est là qu'est le cancer qui ronge,
Et non dans le travail, par eux persécuté
    Dès qu'à les démasquer il songe.
Le progrès sage est sûr. C'est là l'empêchement;
    C'est là qu'est, pour la pauvre France,
L'obstacle, hydre incessante, et l'asservissement;
    Là qu'est l'échec à l'espérance.
Pour retarder d'un jour, d'une heure, d'un moment
    Leur débâcle, ces patriotes,
D'accord avec ceux-là, dont le bras inclément
    N'est fort que contre des ilotes,
Déciment leur pays, livrent le sol français,
    Tarissent le sang dans nos veines,
Et, comptant sur l'horreur de leurs derniers excès
    Pour éveiller d'injustes haines,

Osent nous convier à leur livrer encor
    Ce qui nous reste d'espérance,
Pour pouvoir en finir, par une fièvre d'or,
    Avec la force de la France.

Ils n'atteindront jamais ce but, car leur calcul
    Est déjoué par leur cynisme.
Leur succès obtenu, ce serait le recul,
    Leur triomphe le cataclysme.
L'orgie est bien finie et le jour bien venu ;
    Le sang monte des cimetières ;
Montmartre, Metz, Sedan jettent sur l'inconnu
    Leurs épouvantables lumières ;
La liquidation commence pour le vol,
    Comme pour la trahison vile ;
Et, si l'hydre, à leur voix, renaissait sur le sol
    Qu'ils voudraient lui rendre facile,
Il en résulterait la preuve, qu'au jour dit
    Par la Providence éternelle,
La main du châtiment s'abat sur le maudit
    Qui peut un instant douter d'elle !

LA FRANCE

Souvent on a vu, dans le monde,
Au milieu des fades beautés,
Paraître une femme féconde,
Ayant toutes les majestés.
Alors se produit, dans la foule,
Un mouvement soudain ; la houle
Des fracs grossit, en un clin d'œil,
Autour de la matrone altière ;
Mais nul, en la voyant si fière,
N'ose approcher de son fauteuil.

C'est que, pour aborder la femme,
Il faut se sentir digne, au fond,
Des élans sacrés de son âme,
Et des lois que ses désirs font ;
C'est que, plus elle est belle et grande,
Plus il faut qu'en soi l'on descende
Pour savoir si l'on peut vraiment,
Sans ridicule, avoir l'audace

De prendre à côté d'elle place
Ou comme époux ou comme amant.

Parmi les nations assises
Autour des flots européens,
La France, aux frais baisers des brises,
Offre des traits marmoréens.
Comme elle est toujours magnifique,
Chaque prétendant monarchique
Se presse d'abord pour la voir ;
Mais, l'ayant regardée en face,
Il n'en est pas qui ne s'efface,
Sans garder un éclair d'espoir.

C'est que, plus sa superbe épaule
A souffert du joug des tyrans,
Plus elle a gardé de la Gaule
Le culte des horizons grands ;
C'est que, pour la prendre vaincue,
Il faut à la fière abattue
Jurer de l'imposer au sort ;
C'est qu'elle aussi se sent féconde
Et rêva d'affranchir le monde,
Le jour où l'on crut à sa mort !

Aussi, voyez comme les Princes
Se dérobent à son regard :
Les uns chassent dans leurs provinc s ;
L'autre invoque son étendard ;
Ceux-là qui l'ont déshonorée,

La veulent reprendre, éventrée
Par quelque nouvel attentat ;
Mais pas un d'eux ne se propose,
En jurant de servir sa cause,
Et de la défendre en soldat.

Aussi la veuve magnifique
Les écrase de ses dédains,
Allant avec la République
Où ne vont pas les Souverains.
Pour la posséder, la matrone,
Il ne faudra plus, sur un trône,
Avec du sang aux mains s'asseoir ;
Il faudra rentrer en campagne,
Et déployer sur l'Allemagne,
Les larges plis d'un linceul noir !

UN RÊVE

J'ai rêvé, l'autre soir. — Hélas ! c'était un rêve,
— Que, las de supporter la honte et le mépris,
Les maréchaux vaincus, rompant soudain la trêve,
Prétendaient acheter la revanche à tout prix.
Se dépouillant alors de tout ce qu'ils possèdent,
Jurant de ne revoir les leurs que triomphants,
Dignes enfin pour nous de ceux dont ils procèdent,
Portant à leurs chapeaux le deuil de nos enfants,
Superbes de fureur, montés jusqu'à la rage,
Engagés la plupart comme simples soldats,
Ils voulaient effacer de notre front l'outrage,
Avec les flots du sang que verserait leur bras.
Nés Français, après tout, et satisfaits de l'être,
Ils avaient, en marchant, déchiré les bandeaux
Que maintint trop longtemps la volonté d'un maître
Sur des fronts et des yeux que Dieu créa si beaux.
Leur voix criait aussi : — « Vive la République ! »
Leur âme s'exhalait en transports glorieux ;
Et le peuple, attendri par ce réveil épique,

Retrouvant ses héros, les sacrait demi-dieux !
Car le peuple est ainsi. Ce qu'il veut de ses hommes,
C'est leur gloire et la sienne ; et, s'il voyait courir
Au combat ces élus des âges dont nous sommes,
C'est alors qu'il voudrait à leur place, mourir ;
C'est alors qu'il voudrait les voir puissants et riches,
Content de leur donner son sang et sa sueur,
Pourvu qu'il puisse avoir l'orgueil de ses fétiches ;
Et voir flotter par eux notre drapeau vainqueur !

LE LABOUREUR

Les bœufs sont maigres. La charrue
Creuse le sol péniblement.
Le laboureur suit tristement
Le sillon tracé, que sa vue
Croit voir saigner abondamment.
C'est qu'il n'est pas, sur nos frontières,
De plaines, dont les ennemis
N'aient, hélas! fait des cimetières,
Où, par le trépas endormis,
Sommeillent nos plus vaillants frères.

Pourquoi t'arrêter, laboureur?
Relève ton front qui se penche.
Il faut du blé pour la revanche:
Les affamés n'ont pas de cœur.

— « Allons les bœufs, plus de courage! »
Dit, avec des pleurs dans la voix,
Le vieux paysan, « Autrefois,

« Mon fils guidait votre attelage,
« En chantant la chanson des bois.
« L'aiguillon, dans sa main solide,
« Était un sceptre aimé de vous,
« Car jamais votre dos humide
« Par sa main n'en reçut les coups.
« Il était bon, mais point perfide. »

Pourquoi t'arrêter, laboureur ?
Relève ton front qui se penche.
Il faut du blé pour la revanche :
Les affamés n'ont pas de cœur.

« Le matin, devançant l'aurore,
« Il vous soignait, comme le soir;
« Et puis, ensuite, il fallait voir
« Comme il vous bouchonnait encore,
« Quand sur vous Dieu faisait pleuvoir
« Il changeait deux fois la litière,
« Où, près de vous, mourut son chien,
« Et baisait votre tête fière,
« Quand vous vous leviez pour un rien
« Les yeux tournés vers la lumière. »

Pourquoi t'arrêter, laboureur ?
Relève ton front qui se penche.
Il faut du blé pour la revanche :
Les affamés n'ont pas de cœur.

« Sa mère était comme une idole,

« Moi comme le bon Dieu pour lui.
« Qui m'eût dit alors qu'aujourd'hui
« Vous marcheriez à ma parole ?
« Notre richesse et notre appui,
« Il n'entendait pas nous voir faire
« De gros travaux dans la maison.
« Si nous ne voulions lui déplaire,
« Il fallait entendre raison,
« Ou bien, c'était toute une affaire. »

Pourquoi t'arrêter, laboureur ?
Relève ton front qui se penche.
Il faut du blé pour la revanche :
Les affamés n'ont pas de cœur.

« Pour que sa mère eût, le dimanche,
« Une compagne, et, le matin,
« Un sourire à trouver mutin,
« Il suivit la cornette blanche
« De la fille au vieux Mathurin.
« Si bien qu'elle, tout orgueilleuse,
« S'arrêta pour l'attendre un jour,
« En plein soleil ; et, gracieuse,
« Lui jura de l'aimer d'amour,
« Sachant qu'il la rendrait heureuse. »

Pourquoi t'arrêter, laboureur ?
Relève ton front qui se penche.
Il faut du blé pour la revanche :
Les affamés n'ont pas de cœur.

« Tout était prêt. C'est aux vendanges
» Que la chose allait aboutir.
« A les voir, si jeunes, s'unir,
« Tout le village était aux anges,
« Se promettant de les bénir.
« Mais l'été commençait à peine,
« Quand la guerre éclata. Mon Dieu !
« Pourquoi faut-il donc que la haine
« Change l'au revoir en adieu
« Pour les pauvres gens de la plaine ! »

Pourquoi t'arrêter, laboureur?
Relève ton front qui se penche.
Il faut du blé pour la revanche :
Les affamés n'ont pas de cœur.

« Il est parti. Pas de nouvelles.
« Hélas ! Depuis cet affreux jour,
« La mère dit : A quand mon tour?
« Berthe cueille des immortelles ;
« Et moi, j'amuse leur amour,
« En leur soutenant qu'il doit vivre.
« Quand on s'est battu par ici,
« Aux éclairs des canons de cuivre,
« J'ai bien cherché son front noirci ;
« Mais plus loin il a dû les suivre ! »

Pourquoi t'arrêter, laboureur ?
Relève ton front qui se penche.

Il faut du blé pour la revanche :
Les affamés n'ont pas de cœur.

« Allez, allez, mes pauvres bêtes,
« Je pleure, et tous deux vous beuglez.
« Il faut que nous ayons des blés,
« Pour le moment où nos trompettes
« Conduiront nos gars rassemblés
« A la vengeance de leur frère !
« Pourquoi donc, avec cette ardeur,
« De vos naseaux fouiller la terre?
« Hardi ! Vous résistez... Horreur !
« Un mort fut couché là sans bière. »

Pourquoi t'arrêter, laboureur ?
Relève ton front qui se penche.
Il faut du blé pour la revanche :
Les affamés n'ont pas de cœur.

« Les vers ont dévoré sa face.
« On voit que c'était un soldat.
« Ses doigts, crispés par le combat,
« Semblent demander à l'espace
« Le fer brisé quand il tomba.
« Quoi ! sous sa capote entr'ouverte,
« Un scapulaire et des cheveux !...
« Lui ! lui ! dont je niais la perte.
« Ah ! vous aviez raison, mes bœufs.
« A moi, gens du village, alerte ! »

Pourquoi t'arrêter, laboureur ?
Relève ton front qui se penche.
Il faut du blé pour la revanche :
Les affamés n'ont pas de cœur.

Le lendemain, la vieille église.
Réunissait tout le pays :
Les survivants et les trahis,
La pâle mère, et la promise,
Les yeux par la haine rougis ;
Car un silence redoutable
Disait, que, pour ces gens d'honneur,
Le désespoir n'est plus capable
D'exprimer ce qu'ils ont au cœur.
Les bœufs seuls pleuraient dans l'étable !

Pourquoi t'arrêter, laboureur ?
Relève ton front qui se penche.
Il faut du blé pour la revanche :
Les affamés n'ont pas de cœur.

LA GUERRE

Que le vainqueur maudisse et déteste la guerre ;
       C'est au vaincu de la chérir !
Sans elle, désormais condamné par la terre,
Il ne pourrait jamais, déchaînant le tonnerre,
       Ni se venger, ni s'affranchir.
Aimons-la donc, la guerre impitoyable au crime ;
Et laissons au tyran dont la main nous opprime
La honte de verser des larmes sur les morts.
Envions, quant à nous, leur héroïque extase :
Pour qu'ils dorment heureux, quand l'horizon s'embr
       La tombe est l'oreiller des forts !

Qu'il maudisse la guerre en rentrant dans son boug
       Le reître chargé de butin,
De peur que sur ses pas la victime ne bouge,
Et ne veuille ajouter un nouveau ruisseau rouge
       Au fleuve de notre sang teint.
Mais que le dépouillé l'écarte et la maudisse ;
Mais qu'aux pleurs du bourreau le martyr applaudis

Mais que, chargé de fers, il se laisse embrasser,
Non ! — N'eût-il, pour servir et pour armer sa haine,
Que les anneaux d'airain dont on forgea sa chaîne
    C'est au combat qu'il doit penser !

Qu'il déteste la guerre et se répande en larmes,
    L'hypocrite et sombre soudard,
Las d'avoir assouvi sa fureur sur les charmes
De la France, par lui surprise sans ses armes ;
    Qu'il émousse notre poignard ;
Mais que notre pays écarte cette amante,
Quand il faut que demain il affirme ou démente
Et son patriotisme et sa virilité ;
Mais que, trahi vingt fois, lui-même il se trahisse,
S'il y songe aujourd'hui, que demain il périsse :
    La guerre est sa divinité !

Détestez-la, bourreaux qui l'avez faite vile,
    De noble et grande qu'elle était ;
Maudissez-la, brigands, dont la fureur servile
Tremblait, même vainqueurs, d'aborder une ville
    Qu'aucun homme ne défendait.
Pour nous, qui l'avions faite héroïque et sublime
Pour nous, qui lui devrons le châtiment du crime ;
Pour nous, dont elle est fière encor, malgré vos coups
Nous l'aimons comme on aime une sœur vengeresse,
Et nous ne croirons mieux mériter sa tendresse,
    Qu'en la déchaînant contre vous !

Vois comme ils t'ont surprise et comme ils t'ont trahie,

Sainte Guerre au casque d'airain
Maintenant qu'ils t'ont dû leur ivresse assouvie
Tu n'es plus à leurs yeux qu'une bacchante imp.
Qu'il faut noyer au fond du Rhin.
Et c'est pour eux qu'hier tu nous livras au nombre,
Nous, nous, les favoris de ta Royauté sombre!
Ils t'abhorraient, alors qu'ils versaient notre sang;
Ils te déshonoraient, afin qu'après la lutte
Notre pays lui-même eût horreur de la chute
Que tu fis en nous trahissant.

Guerre, nous te rendrons ta splendeur et ta gloire!
Leur fleuve nous verra, demain,
Cueillir, pour tes autels parés par la Victoire,
Les fleurs qui n'osent plus dans ses tristes flots boire,
Tant ils roulent de sang humain;
Et, quand tu nous auras reconduits sur ses rives,
Comme nous entendons monter les voix plaintives
Des peuples que l'on a frappés en nous frappant,
Nous te dirons d'aller plus loin, plus loin encore;
Car il faut, cette fois, de la Seine au Bosphore
Broyer les tronçons du serpent!

SI ELLES VEULENT

Si la Lorraine et l'Alsace
Veulent être une menace
Constante pour leurs bourreaux,
Il faut que tout gars solide
Fasse en hâte un invalide
Dans les rangs des hobereaux.

Il faut que tout vieillard jure
De tenir pour une injure
Le salut d'un oppresseur,
Se détourne de l'indigne,
Sans même honorer d'un signe
Le sanglant envahisseur.

Il faut embrasser l'adulte,
S'il répond par une insulte
A tout regard de Germain
Osant outrager sa mère;

Et complimenter son père,
D'avoir aguerri sa main.

Il faut que l'enfant qui joue
Sache aller laver sa joue,
Dès qu'un hobereau sans cœur
De sa lèvre l'a souillée,
Et ferme sa main mouillée
Pour menacer le vainqueur.

Il faut qu'au maillot, les anges
Soient endormis dans leurs langes
Par un sinistre refrain,
Et soient nourris de la haîne
Que l'Alsace et la Lorraine
Ont au cœur pour le Germain.

Il faut qu'au coucher les mères,
En terminant leurs prières,
Devant les fils à genoux,
En appellent au Dieu juste
De Guillaume, dit l'Auguste
Pour avoir volé chez nous.

Il faut que, sur les pelouses
Où vont causer les épouses
Des exploits de leurs maris,
La plus fière et la plus belle
Soit aux yeux des autres celle
Que la Prusse a mise à prix

Il faut qu'enfin nulle vierge
N'allume à l'église un cierge
Sans avoir eu le bonheur,
A l'heure où brille l'étoile,
De rapporter dans son voile
La tête d'un gouverneur.

C'est la Bible qui l'ordonne :
Dieu bénit la main qui donne
La mort aux soldats du mal ;
Et Judith est trois fois sainte,
Pour avoir tranché sans crainte
Les jours d'un tyran fatal.

A UNE ARTISTE

Vous pouviez, à sa mort, vouloir sécher mes larmes.
Vous avez préféré mêler vos pleurs aux miens.
Vous aimez les enfants. Pour consoler les siens,
Vous avez, de leur deuil, voilé vos jeunes charmes.

Contre le désespoir il me fallait des armes ;
Je n'en ai pu trouver que dans nos entretiens.
Vous avez comme moi des horizons chrétiens,
Où revivent les morts, exempts de nos alarmes.

La mère, qu'à toute heure y suivent vos grands yeux,
Comprenant de mon cœur le sentiment pieux,
Vous pousse dans la voie où votre front s'incline.

Et ma femme, qui lit dans votre âme, des cieux,
Me dit, en souriant au groupe radieux :
Laisse mes orphelins aux bras de l'orpheline !

TOUS SOLDATS

Jeune mère, à ton sein je vois un enfant rose,
Dont la lèvre de pourpre en souriant s'arrose
    Du lait sous lequel ton cœur bat.
Au lieu de fredonner quelque ronde française,
Pourquoi donc le bercer avec la Marseillaise?
    — C'est que j'en veux faire un soldat!

Laboureur, autrefois, derrière la charrue,
Ce bambin te suivait, courageuse recrue
    De ton laborieux état.
Pourquoi donc, maintenant, l'envoyer à l'école,
Et lui donner Faidherbe ou Chanzy pour idole?
    — C'est que j'en veux faire un soldat!

Négociant, hier, sur tes chiffres moroses
Ton enfant avec toi travaillait portes closes;
    Tu voulais qu'il te remplaçât
Pourquoi l'éloignes-tu désormais de tes comptes

Et ne l'entretiens-tu, le soir, que de nos hontes?
　　— C'est que j'en veux faire un soldat!

Veuve, je te voyois entraîner cet adulte
Loin de nos bataillons, de peur qu'il n'eût le culte
　　　Des drapeaux au magique éclat.
Pourquoi, depuis hier, veux-tu qu'il t'accompagne
Partout où le clairon à ses accents nous gagne?
　　　— C'est que j'en veux faire un soldat!

Docteur, cet homme jeune a partagé tes veilles,
Tu me disais jadis qu'il ferait des merveilles
　　　Sous l'habit du professorat.
Pourquoi donc à ses yeux remplaces-tu l'hermine
Par d'autres vêtements où le rouge domine?
　　　— C'est que j'en veux faire un soldat!

Évêque, à ses parents tu disputais cet homme,
Pour en doter demain la milice de Rome,
　　　Dont il chérit l'apostolat.
Pourquoi ne lit-il plus le soir son bréviaire,
Et te voit-il sourire à son ardeur guerrière?
　　　— C'est que j'en veux faire un soldat!

Ainsi, du sein de neige où tette l'enfant rose,
A l'autel où le prêtre a porté notre cause,
　　　Veuve, laboureur, avocat,
Négociant, qu'hier flattait une autre envie,
Tous ceux dont le Seigneur a fécondé la vie
　　　De leur fils feront un soldat!

Repose donc en paix dans ton unique idée,
Superbe nation qu'on a dépossédée
    Sans livrer un dernier combat.
Il n'est plus sur ton sol, après ses fiançailles,
De vierge qui ne veuille, au fond de ses entrailles,
    Sentir naître un nouveau soldat!

LA RÉPUBLIQUE

Oui, c'est la République aujourd'hui qu'il nous faut,
Puisque à sa mission l'Empire a fait défaut,
Puisque la Royauté n'ose plus, elle-même,
De sa tremblante main saisir le diadème.
La Royauté n'est rien quand il manque le Roi,
L'Empire veut un homme en son règne ayant foi.
Or, le moule des Rois s'est brisé dans leur chute ;
Et quant aux Empereurs, la gigantesque lutte
Qui vient d'épouvanter l'Europe, a trop prouvé
Le but que de tout temps leur orgueil a rêvé
Pour qu'entre le vainqueur, satisfait de ses crimes,
Et le vaincu, livrant au vainqueur ses victimes,
Les hommes, affranchis de ces monstres altiers,
Sous leur joug désormais se courbent volontiers.
Dieu lui-même, en troublant les facultés des Princes,
A condamné les Rois ; et, lorsque nos provinces
Perdent encor leur sang sous le pied des bourreaux,
Qui songe aux Empereurs applaudit à nos maux
Mais, si la République est maintenant certaine,

Que ne l'affirmons-nous à son tour souveraine,
Loin de nous excuser, auprès de ses enfants,
De ne pas opposer à leurs pas triomphants
La volonté d'un homme à faiblir toujours prête ?
— Elle doit porter haut et le cœur et la tête,
N'ayant rien de commun, dans le superbe cours
Du pouvoir qu'il nous faut lui donner pour toujours,
Avec les calculs vains de la fille effrontée,
Qui promène aujourd'hui sa prunelle éhontée
Sur le vil souteneur, n'ayant jamais montré
De force que contre elle ; et, qui, bon gré malgré,
Cherche à savoir jusqu'où peut la faire descendre
Ce mâle sans pudeur, s'il daignait la reprendre.

La République offerte à l'amour du pays,
Vengeresse des morts est l'arme des trahis.
C'est la vierge orpheline, ayant dans la mémoire
Le meurtre des vaillants qu'exaltera l'Histoire ;
C'est l'enfant, à la main tenant un glaive nu,
Et fixant des regards ardents sur l'inconnu ;
C'est la fille robuste, ayant juré de n'être
L'épouse de personne, et de n'avoir pour maître
Que l'implacable Dieu qui venge les martyrs ;
C'est la Jeanne des champs, n'ayant d'autres désirs
Que de sacrer le peuple après une victoire ;
C'est l'image du droit s'appuyant sur la gloire ;
C'est l'esclave brisant sa chaîne, et la jetant
Sur l'enclume, où son bras veut en forger autant
De pointes de poignards, que ses fureurs divines
Pourront aux Spartacus désigner de poitrines ;

C'est la nation mâle, ayant fui le sommeil,
Pour crier à ses sœurs : — « Debout, c'est le réveil ! »
C'est la Clorinde fière et la Druidesse sainte,
Inaccessible aux pleurs, insensible à la crainte,
Ordonnant que l'on creuse un abîme profond
Derrière elle toujours, pour que son pas fécond
Ne puisse reculer sans qu'il l'y précipite ;
C'est la Déesse enfin, dont le cœur ne palpite,
Sous le corselet d'or qu'elle a ceint vaillamment
Qu'aux fiers mots de revanche et d'affranchissement !

La revanche obtenue et la France vengée,
Ce n'est plus sous les traits d'une vierge outragée
Qu'on voit la République exercer son pouvoir.
Elle devient matrone ; et, bercé par l'espoir,
L'enfant, dès qu'il est né, certain de sa tutelle,
Comme un épis fécond, grandit, instruit par elle ;
L'adulte en a reçu l'instrument de travail ;
L'homme fait, qu'ont cessé de tuer en détail
L'incertitude sombre, et l'égoïsme avide,
S'unit plein d'espérance à la beauté timide ;
Et tous deux, sans souffrir, pour la mort assouplis,
S'endorment dans la paix des devoirs accomplis
De ses forces, alors, disposant sans entraves,
L'Humanité recueille, en un jour, les épaves
Des naufrages qu'elle a subis dans le passé,
Et marche hardiment dans son chemin tracé,
Reboisant les déserts, peuplant les solitudes,
Au gré de leurs besoins classant les multitudes,
Brisant ces vaines lois, chères aux potentats,

Qui, depuis trop longtemps, divisent les États,
Ouvrant aux mers des lits où s'unissent leurs ondes,
Du fleuve impétueux rendant les eaux fécondes
En le canalisant, creusant de larges ports,
Obtenant de la terre, où dorment des trésors,
Ce que cette nourrice inépuisable en donne
Aux hommes dont la lèvre à son sein s'abandonne,
Domptant l'espace, l'air, le temps, les aquilons,
Acclimatant l'oiseau des cîmes aux vallons,
Au service de l'homme apprivoisant le fauve,
Enfin, de l'Univers, faisant l'immense alcôve
D'où montent vers les cieux, remplis d'accords nouveaux,
Le bruit harmonieux des baisers nuptiaux!

Telle est la République aux chaumes attendue,
Et par les travailleurs dans leur ombre entrevue.
— Quand le rude ouvrier, qui sua tout un jour,
Sent par le désespoir étouffer son amour,
Ne pouvant à son fils assurer la science,
D'un avenir sans but ayant la prescience,
Un grabat d'hôpital pour unique horizon,
S'il échappe jamais, vieillard, à la prison,
Peut-il perdre des yeux cette mère rêvée,
Sans oublier alors la patrie éprouvée?
A qui ne lui doit rien il ne croit rien devoir :
On n'est plus courageux quand on est sans espoir!
— Que demain l'on assure au vieillard la retraite,
A l'enfant le savoir, du travail à l'athlète;
Et vienne, après, le monde attaquer le pays,
Dont les droits immortels ne seront plus trahis,

Alors on apprendra ce qu'est une patrie
Où la source des maux est à jamais tarie,
Dont chacun des enfants partage les bienfaits,
Qui n'a pas de soupçons au cœur, ni de forfaits
A craindre, et qu'on ne peut voir braver ou surprendre
Sans s'armer aussitôt pour courir la défendre !

Devant quatre-vingt treize à vaincre résolu
La Royauté recule et flatte l'inconnu ;
Devant soixante-douze, hésitant, elle avance :
C'est que quatre-vingt-treize est le succès d'avance,
Par l'unité du but comme de l'action,
Tandis que la défaite et la division
Attendent forcément une époque insensée,
Ayant à l'égoïsme enchaîné la pensée,
Au point que qui possède admet avec bonheur
Le deuil de son pays, la mort de son honneur,
Pourvu que l'ouvrier, courbé sous la misère,
N'ait pas à supporter de charge plus légère.
Car le secret est là, le secret tout entier
De notre honte. Allons, Prussien, pas de quartier !
A des uhlans plutôt on ouvrira nos portes
Que de laisser le Peuple, entre ses deux mains fortes,
Étrangler sous nos murs le lâche envahisseur :
Qui ne veut pas d'égaux sourit à l'oppresseur !

L'infernal égoïsme heureusement s'abuse
Sur les moyens qu'il a de poursuivre sa ruse.
Le monde a contre lui ses moments de clarté ;
Et le nombre est la loi, quand il est emporté

Par de grands sentiments vers un but immanquable.
L'égoïsme pouvait se rendre indiscutable,
S'il risquait une part de ce qu'il nous a pris.
En nous livrant, il s'est frappé. De nos débris,
Le nombre voit enfin comment il faut qu'on fasse
Pour rendre à notre honneur, comme à nos droits, leur place ;
Et si, par la raison vers son but emporté,
Il peut porter atteinte à la propriété,
Que l'on s'en prenne à ceux dont la cécité lâche
Nous oblige à reprendre, aujourd'hui, notre tâche,
Où nous l'avions laissée hier avec douleur :
Avant d'aimer nos biens retrouvons notre honneur.
Lui seul peut les créer ; lui seul peut les défendre ;
Et les lui préférer, c'est nous les laisser prendre !

IL FAUT LE RHIN

Habitants du Midi, l'homme chargé par nous
De rendre sa force à la France,
Nous a dit de venir nous retremper en vous,
Pour connaître votre espérance.
Quels sont vos vœux? L'Alsace et la Lorraine sont
Bien loin de vos raisins, qui toujours mûriront,
Si l'ordre du travail est la base première.
A vous de décider que l'ordre implique un Roi,
Ou que la République a conquis votre foi.
—Nous voulons que la France ait le Rhin pour fronti

— Bretons, les jours prévus par vous sont arrivés.
Notre patrie est là qui sombre.
Le doute à l'ennemi vainqueur nous a livrés
La croyance eût vaincu le nombre.
Vous ne devez avoir qu'un désir aujourd'hui
Revoir bientôt debout le trône de celui
Dont le nom exalta toujours votre prière.
Vous réclamez Henri ; tout le reste suivra.

Voilà ce que pour vous notre voix répondra :
— Nous voulons que la France ait le Rhin pour frontière !

— Exaltés, dont le Rhône enivre le cerveau,
     Enfin triomphe la foi vraie !
Tout va se décider, par un vote nouveau,
     Entre le bon grain et l'ivraie.
Ce qu'il faut, aujourd'hui, n'est-ce pas, c'est asseoir
La République sainte au sommet du pouvoir ?
Son triomphe vaut mieux qu'une gloire éphémère.
Vous voulez qu'elle assure aux travailleurs leurs droits ;
Qu'elle ouvre son sein pur aux victimes des Rois...?
—Nous voulons que la France ait le Rhin pour frontière !

— Provençaux, qui tournez vers l'Orient les yeux,
     Ce qu'il faut que l'on vous assure,
C'est que Marseille aura des destins glorieux,
     Et que votre fortune est sûre.
Quel prince ne répond d'enrichir vos cités ?
Quel tribun ne voudra, dans vos ports attristés,
Ramener la fortune en semant la lumière ?
La Monarchie est là, qui remplira vos mains !
Voulez-vous d'elle encore ou des républicains ?
—Nous voulons que la France ait le Rhin pour frontière !

— Paysans, dont la Loire arrose le sol fier
     Que dévasterait la revanche,
Vous voulez la moisson qui dort depuis hier
     Sous un tapis de neige blanche.
Pour que nul ne soit plus tenté de ressaisir

L'épée en votre nom, il nous faudra choisir
Un gouvernement stable, ennemi de la guerre.
Vous demandez un maître aux paisibles destins,
Qui ne rallume pas les vieux brasiers'éteints ?...
—Nous voulons que la France ait le Rhin pour frontière !

— Et vous, hommes du Nord, qu'arrachait au travail
        Le devoir de prendre les armes,
Qui voulez-vous placer demain au gouvernail ;
        Quel chef devra sécher vos larmes ?
Choisirons-nous un Roi, docile à vos désirs,
Partageant votre deuil, exauçant vos désirs,
Oubliant que la France était jadis entière ?
Choisirons-nous un chef de vos droits plus jaloux ?
Pour que nous le voulions, dites, que voulez-vous ?
—Nous voulons que la France ait le Rhin pour frontière !

— Bourguignons, le tocsin cesse enfin de sonner
        Dans vos villes épouvantées ;
Le canon redoutable a cessé de tonner
        Sur les collines désertées.
C'est l'heure de revoir l'espérance au foyer,
De relever les murs qu'hier a dû broyer
L'obus, qui précéda la bombe meurtrière.
Est-ce à la République, est-ce à la Royauté
Que vous voulez devoir votre tranquillité ?
—Nous voulons que la France ait le Rhin pour frontière !

— Parisiens, dont la guerre a sillonné le front
        D'une cicatrice immortelle !

Qui frémissez encor, sous le sanglant affront
       Que votre ville a reçu d'elle,
O vous, dont l'Anarchie a sucé tout le sang
Que n'avaient pu ravir à votre sein puissant
L'Allemagne jalouse et sa horde princière!
Ce que vous désirez, Parisiens, aujourd'hui,
C'est l'ordre, demandant au calme son appui?
—Nous voulons que la France ait le Rhin pour frontière!

Ainsi, du Sud au Nord et du Nord au Midi,
       La noble France interrogée,
Des conseils de la paix ne prendra nul souci,
       Car elle veut être vengée!
S'il pousse vers Nancy son cheval au frein d'or,
Un Roi peu lui devoir son diadème encor;
Un tribun, en soufflant dans la trompette altière,
Peut la faire à jamais République aujourd'hui;
Car le gouvernement de son choix est celui
Qui pourra jusqu'au Rhin reporter sa frontière!

LA REVANCHE

Enfin, il s'est levé le jour de la revanche !
La République au vent dénoua ses cheveux ;
Et les vengeurs des morts, ainsi qu'une avalanche,
S'élancent vers le Rhin qu'ont exigé nos vœux.
Chaque pavé français a vu surgir un homme ;
Chacun de nos sillons a dû fournir le sien ;
Ainsi qu'aux temps fameux Rome n'est plus dans Rome,
Elle est toute avec nous sur le sol alsacien.
Metz, courant de ses murs au-devant de la France,
Étrangla de ses mains les geôliers de ses fils.
Du haut de son clocher, fêtant la délivrance,
Le drapeau tricolore a jeté ses défis.

Triompher est le but que nous voulons atteindre.
Nos soldats n'ont privé du bonheur d'y courir
Que les enfants, pressés de les aller rejoindre,
Que les vieux, attristés de ne pouvoir partir,
Que les femmes, qui font des monceaux de charpie,
Et jurent, cette fois, de chasser leurs époux,

S'ils reviennent avant que l'Allemagne impie
De la lutte d'hier ait expié les coups.
Au sein gonflé de lait le nouveau-né tressaille ;
Dans les ventres féconds un frisson a passé ;
Les vierges font des vœux pour la grande bataille,
Vers laquelle déjà leur cœur s'est élancé !

Qu'ils osent, cette fois, si leur canon nous tue,
Pour envahir la France, abandonner leur camp !
Chaque maison aura son assaut ; chaque rue
Son siége ; chaque ville en cendres son volcan ;
Chaque buisson un être ayant soif de sang rouge ;
Chaque borne un infirme, un enfant, un vieillard,
Prêts à mourir afin de tuer ; chaque bouge
Sa Judith, sur la pierre aiguisant un poignard.
Si nous ne pouvons vaincre, eh bien ! qu'on nous écrase ;
Que la France ne soit qu'un immense tombeau ;
Mieux vaut cent fois mourir que ramper dans la vase :
La défaite n'est rien, quand le trépas est beau !

Ils n'auront pas le temps, cette fois, d'être en ligne
Avant que nous ayons ressaisi notre bien.
Tout général vaincu de la mort sera digne ;
En dehors du succès nous n'écouterons rien.
C'est pour vaincre ou mourir qu'on est à notre tête,
Et nous ne permettons à nul de nos soldats
De revoir sans lauriers le sol qui nous fait fête.
Plus de retraite au cœur du pays ; des combats !
Plus d'attente, à l'abri des cités courageuses ;
Endiguons, s'il le faut, le Rhin avec nos corps ;

Marchons à découvert sur ces hordes hideuses :
Offrons un mort des leurs à chacun de nos morts !

Ce n'est plus aux enfants une parade offerte ;
C'est le réveil d'un peuple ; et, pour qu'il soit vainqu
Tout son passé, voulant, du tombeau qu'il déserte,
Encourager son âme et soutenir son cœur.
Regardez ! c'est Marceau ! c'est Hoche ! c'est Vandam
Ils agitent sur nous leurs linceuls triomphants !
Regardez : c'est mil-huit-cent-quinze ; c'est la flamme
Qu'allumèrent, alors, les massacreurs d'enfants.
Regardez ! C'est Philippe Auguste, Charlemagne,
Le vrai Napoléon, Douai tombé si fier ;
C'est Kléber et Desaix qui rentrent en campagne ;
C'est Jourdan et Moreau ressuscités d'hier !

Ah ! vous avez pensé que vous seriez tranquilles,
Lorsque vous auriez mis votre pied sur nos monts,
Lorsque vous vous seriez installés dans nos villes,
Où l'ivresse a conduit vos rondes de démons !
Nous les regravissons, nos montagnes chéries ;
Nous les réoccupons, les murs de nos cités ;
Nous les troublons enfin de nos mains aguerries,
Ces ébats de soudards qui nous ont insultés ;
Et, jusques aux confins de vos lointaines terres,
La paix, que votre orgueil prétendait conquérir,
Nous la traquons avec nos hymnes militaires :
Vous ne pourrez jamais la revoir sans mourir !

Hier, nous ne voullons que le Rhin pour frontière.

Il nous faut aujourd'hui, comme il vous l'a fallu,
L'assurance de voir cesser enfin la guerre
Par le désarmement obligé du vaincu.
Allons, tigres coiffés de couronnes volées,
Tendez, obéissants, vos ongles aux ciseaux ;
Allons, vautours, sur nous abattus par volées,
Coursiers dont nous venons de fendre les naseaux,
Fuyez, l'aile pendante, ou les sabots sans corne,
Devant les travailleurs par nos bras délivrés,
Si vous ne voulez pas que votre dépouille orne
Le triomphe de ceux qui vous ont déchirés !

On fut pour nous sans cœur ; soyons pour eux sans âme !
Que flambent leurs châteaux, comme ont flambé nos murs !
Ils ont vu nos brasiers ; voyons aussi leurs flammes !
Buvons à notre tour du vin dans leurs fronts durs !
Ils nous ont enseigné ce qu'on fait d'un Empire ;
Enseignons-leur comment un peuple le détruit.
Sous leurs coups, à son tour, que leur tyran expire ;
Que leurs burgs orgueilleux s'écroulent dans le bruit ;
Que leur Berlin, rayé de la carte du monde,
Où Paris reprendra sa place d'autrefois,
Affirme ce que peut notre France féconde,
Pour affranchir le monde et se venger des Rois !

AU MAITRE

Maître, je frappe à votre porte,
Après vingt ans, comme autrefois.
L'humble volume que j'apporte
N'est qu'un écho de votre voix.
Entre mes yeux et la lumière
La nuit a régné trop longtemps ;
Mais, guidé par ma foi première,
Je revois les cieux éclatants.
Cette foi, maître, elle est la vôtre.
C'est aux clartés de son flambeau,
Qu'ayant le travail pour apôtre,
Le peuple sort de son tombeau.
Aux rangs décimés que menace
Le mal, de nouveau triomphant,
Quand je viens reprendre ma place,
Ouvrez les bras à votre enfant !

TABLE

Achevé d'imprimer

LE VINGT-CINQ NOVEMBRE MIL HUIT CENT SOIXANTE-DOUZE

PAR J. CLAYE

POUR

A. LEMERRE LIBRAIRE

A PARIS

L'eau-forte qui accompagne ce volume a été

Dessinée par LORENTZ

Gravée par RAJON

Imprimée par A. SALMON

J. Lisye, imprimeur
S. Benoît, 2, à Paris

www.ingramcontent.com/pod-product-compliance
Lightning Source LLC
Chambersburg PA
CBHW070320030726
47505CB00004B/1043